U0903558

Tant que tu es heureuse

Alma Brami

只要你幸福

〔法〕阿尔玛·布拉米 著
徐小薇 译

上海文艺出版社

献给莉莉安娜和菲利普，

我心之根本

现在空无一物的肚子。

没有价值的袋子,因思念而膨胀。

缺失的外壳,不再有未来。

他们叹着气说"真不公平","生活有时候……"他们在自己的行为储存柜里翻翻拣拣,找出最温柔的动作,拿出最亲切、最和蔼的目光,检索他们道听途说的故事集,给她讲一个差不多的故事,让她不再感到孤立。

她碰了碰大腿的内侧,它就是从那里流出来的。

像病人的尿液一样灼热。但并不是。更致密,更黏稠。

在黑暗中无法辨别颜色,她于是用手指摸索。她用力地闭上眼睛，像是祈祷奇迹发生，让自己相信这没什么，又睡着了，做了个梦。

人们拥挤在她周围。她最好的朋友没在，第三次蜜月旅行，跟同一个男人。

太多毫无用处的人，他们想要努力做好，却没有做到。她最好的朋友会说："他们啊，至少他们来了"。

在"他们"当中，本该会有所有的责备，后悔，愤怒。在"他们"当中，本该会有另一个人留下的窟窿，那个不再关心她、抛弃她的人。

多少次，有人对她说，他会让她痛苦，他配不上她。她最好的朋友一心想要说服她，白费力气。

爱情会获胜，爱情会证明正相反。爱情改变了地球的意义，深入月球的火山口之中。爱情创造，让人幸福，使人成长……最好的朋友反驳说："对，爱情，正常的爱情。不是这种，不是他给你的这一点点爱，不是你在他的现在中占据的这个无足轻重的小位置，不是这种让你感到满足的乏味的爱。你'那么理解'他，你'那么了解他的那些无底洞'，你知道一切的理由，那些他给出而你盲目相信的'因为'。"

她重新思考她们的谈话。在回忆中她看到自己蛮有把握。热情地展示这段感情即将到来的胜利。

如果他回来,如果他回来,如果他回来,如果……

他会回来,他会回来,他一定会回来。

他会在那里。

他就在那里。

他的手放在空空的小腹上。他请求原谅。他说,他已经离开了他的妻子,生活将会很美好,一切都属于她。他喃喃地说,谢谢你的忍耐,谢谢你等我,你是我的氧气,我生存的理由。他抱住她,他说再用点力,就会让她喘不过气来了。他们会结婚,再次建立家庭,生活。他再也不会放开她,她是他的珍宝。

胖太太开始在她身旁大声讲话,将她从幻想拉回现实。可能是一个阿姨,哥哥、表姐或者侄女的姐姐。不,只是一位讲话声音太大并且扼杀她微弱希望的胖太太。她重复着"对不起","在你这种情况下","勇气","我年轻的时候……"滔滔不绝,像她枯萎的子宫一样空洞的词语。

出于礼貌的点头。为了掩饰激烈的想法而微笑。她会让胖太太沉默,她会利用遮住她上唇的突出美人痣来脱身。还有太短的头发,白痴的表情。尽管有胸部,却已不再是个女人,也不是个男人。将自己强加于人的浓稠而无用的凝胶。

她相信他，相信他们。确信比所有人都更了解。第一次他让她痛苦，她听到了一些“你看吧”、“忘掉他”、“这是个垃圾”、“一个混蛋”，还有他最好别再出现了。他又出现了。在发誓“再也不了，啊，再也不了”之后，她又一次屈服了。

在他的怀抱中，靠着他的胸膛，她不再害怕明天、她自己或者任何事情。她轻触他的皮肤，像是在太久之后再次触摸滚烫的沙子。他是她的岛屿，她的家，她的宁静。他在的时候，当他足够爱她，因此更多考虑她而不是自己的时候。

“也就是说不经常！”她最好的朋友强调说。

不管怎么说都是太少了，没法填补她的空白。

小时候，有人告诉她，一个人，什么都做不了，不是两个人就不可能成功。

母亲解释说，如果她没遇见“她的男人”，按照她对他的称呼，如果她不是依赖他，信赖他，如果他没有体贴地对待她，把她当作最娇贵的瓷娃娃中最娇贵的，她永远不会知道她是由什么物质构成的，她拥有什么样的出色品质。他揭示了她的瑰丽多姿。她最后总结说：“这就是爱情，对吗亲爱的？”并且朝着他的方向抛出几个飞吻。

要避免、排除的父母例子。完完全全走向反面……

母亲很担心。“你这样想？在这个年龄？女儿啊，太可悲了。如果你已经变得尖刻，干巴巴的，这是彻头彻尾的失败！

这不会是我的原因，不是吗亲爱的？我给她做出了完全相反的例子，对吗亲爱的？通过我们成功的夫妻关系，我向她证明了，没有它的人生，是枯燥无味的，可悲的！”

母亲总是把“对吗？亲爱的”作为句子的标点，她完全不期待任何回答，也最好如此，因为做丈夫的总是专注于其他事情，并不参与任何这一类型的谈话。

有时候，他会在谈话之后，在进门的走廊处，刚好在她出门或者上楼前，拦住她。他小声说：“你可以实现你想要的一切。独自，两个人，十个人，这一点都不重要。你是一块金子，如此未经雕琢，如此可靠。你是我的女儿，永远不要忘记这一点。不需要一个男人来赋予你能量、勇气或者不知道什么东西……你已经满得要溢出来了。”

她明了他语言的节奏，他的呼吸。她可以完成他的每个句子。但是，她没有打断他，露出天真的目光，像第一次一样聆听。

她想，如果她被这一切所充满，是因为她的父亲，因为这双眼睛，父亲不仅为她掘出道路，把她放在边上，陪她走进去，还督促她奔跑、飞翔，一个人，没有他，就这么简单。

一条坚定不移的脊椎支撑着她，由父亲的脊椎骨组成，以他的言语为钢铁。

她想念他胜过一切，他本来能够阻止她沉沦。他本来能够结束她这段差劲的感情。他本来能够让她不要怀孕，然后被抛弃，然后仍然怀着孕，然后像干瘪的气球一样空空如也。他本来能够照顾她，安慰她，劝导她。他本来能照顾她的每一滴眼泪，把它们当作猴面包树或者橡树稀有的种子，让它们长成不朽的大树，重新创造世界。

快 6 年了，他再也动弹不得，被困在小小的铁椅子中。随着母亲在公寓里的移动，从一个房间到另一个房间。

一天早晨，在很甜的牛奶咖啡和布里欧修面包块构成的早餐过后，他比平常更快地从餐桌旁离开。母亲微笑着，“我的男人”，她说，好像是为了让他多留一小会儿，让他再次坐下。他笔直地站着，双手用力握住木椅子的椅背，“小睡一会儿，我会保持精力充沛直到今晚的晚饭。”他补充说，她不能让他睡太久，“20 分钟，然后你来叫我！”

自从他们退休，一切都不一样了。第一次一起吃早餐，情侣大餐，有时候看几场电影，时不时的音乐会，很快是他们的第一场话剧。

他们重新互相了解，品尝一份新的爱情。

最初几个月情况很复杂。日子过得很慢。对抗恼人的无聊。必须起床,没有任何地方在等他们。必须按照星期来过日子,即使每一天都像星期天一样空白。

"20 分钟,你来叫我!"她烧开水,或者收拾厨房。30 分钟之后,她忽然想起,他还在等她叫醒。她上楼,悄无声息地走进他们的卧室,把不透光的窗帘拉开一点儿,让 12 月明亮的光线进入房间。她在他耳边低声哼唱。他没有动。阻塞的呼吸,他在睡梦中窒息。

诊断结果是心跳停止或者动脉瘤破裂。严重的问题,侵蚀、破坏、戏弄人的身体。

在急诊病房待了几天后,他回家了。不再跟以前完全一样。像是胎儿一样蜷成一团,舌头半伸在外面,胳膊和腿柔软得像面条。

母亲变成了他的母亲。为他擦洗,训斥他,强迫他吃果泥和汤。父亲只是一个悲伤的存在,一个永远不会回来的人、一个已经消失的丈夫的证明。

她所怀念的是另一个人,从前的爸爸。那个拥有最纯粹、最浓厚力量浓缩的人。另一个可以像拥有永恒力量的超级英雄一样拯救她的人。

人们还是没有走。快午夜了,他们在等什么?晚餐?宴会?看到不再手足乱动的胎儿?愚蠢、毫无理由、令人讨厌的家庭聚会,还有一个胎死腹中的女人。

"并不是一切都要围着你转,所以不要占了所有的地方,"她的母亲会说,"你不是世界的中心,尽管你有你的小麻烦。"

越是悲剧般的凄惨,母亲就越会使用那些小词儿。

失去一个婴儿,是"一个小烦恼",一个细枝末节。她像别人使用拐杖一样使用这些表达方式。如果她用另外的方式来表达，她将会无所依靠，它不再是“一个小烦恼”，而会变成一场难以克服的灾难，一个悲剧。她将再也无法复原，被沉甸甸压在一切之上的灵魂的重量所压垮。

“你为什么要这样对我？”她会说。她的女儿会这么回答：“哦，确实，大家都知道，我常常为了自己的母亲而流产，就是为了给她找不自在。”

然而，没什么要回答的，母亲今天轻率地对待这件事，她对此等闲视之。母亲不知道如何确定事情的程度，所以她就不这样做。她将对方留在她的孤单中，去照顾自己口水横流的丈夫。

胖太太摇动身体，试图打扰伯尔纳叔叔。红胡子，太蓝、太圆、太活泼的眼睛，变成绒毛的头发，头发稀疏，露出一片红润而光亮的皮肤的头顶。他被家族的所有女性看成是最帅的男人。在他身边，她们的迟钝显而易见，好像他虚幻的魅力让她们动摇，好像她们只是一群像母鸡一样咯咯叫的女佣人。

“七张面纱的舞蹈”，她的闺蜜会这样描述胖太太滑稽的态度，“用来隐藏自己的七张面纱，没有一张是多余的。”

头向后仰，扯开喉咙，目光朝向旁边，为了诱惑他。伯尔纳叔叔完全是个性冷淡，跟妻子结婚已经35年，碰她只是为了生两个孩子。像一截干枯的竹子那样干巴巴的。

她听到母亲在父亲的耳边声嘶力竭地大喊。因为他已经变得非常迟钝,几乎什么都理解不了,而她竭尽全力地要让他蒙受另外一种残疾——耳聋。通过大喊,她想象词语能够更好地进入他的头脑当中。

“是的,一个婴儿,一个婴——儿……不是……没有了!”

她大幅度地比比画画,模仿每一个词,越来越用力,音量越来越大。父亲垂下眼皮,像是要哭了。他应该是在以自己的方式发问,为什么他的女孩看上去如此忧伤。他没有预想到这样。

母亲没想到他已经理解,没想到所有的人已经停下谈话来聆听真相的吐露,这个真相当时还只是在家中散播的一个谣言。

“这就是我们所怀念的一切,”她最好的朋友会带着她那种无礼的讽刺这样说。但是她不在。没有一个她足够深爱的人在那里充当围墙、盾牌,以她所需要的那种温情来保护她,就在那里,立刻。

母亲转过身来:“对不起,女儿,但对任何人而言这都不是一个秘密了,不要感到羞耻,与你没有关系。”

她感到在场者的手摸索着她的肚子。从此她属于他们,她的私生活已经被呈现给他们。他们会认为有权利向她提出各种可能的问题,关于“孩子的爸爸”,关于“这到底是怎么发生的”,“怀孕多久了”。她没有咄咄逼人让他们各归其位的气力。她也不会有勇气说出真相。于是,她勇敢地站起来,在丑陋地堆成一堆的其他外套下面找到自己团成一团的外套,尽可能平静地穿上。她抑制着自己的痛苦,露出一个假笑,面对整个家族阻拦的目光,用最接近孩子的嗓音冒出一句“再见,你们好好玩”,在身后关上门。

如果她最好的朋友在,她会跟她一起出来,并且造成更大的轰动。她们会是两个人在寒风中,坐在这个汽车站普通的塑料长椅上。

抑制住悲伤直到那时,然后崩溃。

他应该是跟他的妻子、他的两个孩子在一起，一个屋檐下，在一座噼啪作响的壁炉旁。最小的孩子在整个家中跑来跑去，小女孩在看连环画，妻子讲述她作为时尚杂志编辑一天的工作。他有点想那个他所渴望的女孩，但是没有更多，不足以让他抛开踏实的生活，这种让人安心的气氛。

破坏性不够强，所以没法强迫一切改变，不能对不起那么多年支持他、帮助他自我完善的妻子。

而且这个女人还是他小宝贝们的母亲，他母亲喜爱的儿媳妇。不想破坏一切，失去那么多只能获得一点点。

品尝一段新感情，拥抱另外一个女人的身体。发现一款香水，被更年轻、更加激情洋溢的手指触碰。享受他的秘密然后消失。他一点都没有卷入其中，只是用来让人安心的几句话。没什么重要的。

而且，他从一开始就很明确，他没有给她任何承诺。他向她解释了自己的情况，不论发生什么，他继续与妻子过下去的决定都不可动摇。然而，她放任他接近自己。他们来到她玫瑰红与橙色的小公寓，女孩特有的舒适小窝。他从来不过夜，只是工作后来待几个小时，他从来不关电话，万一他妻子要找他，他从来没有把她放在第一位，她立刻接受了这一点，像是理所应当的。“不需要更多，”她说，“否则会让我窒息。我已经厌倦了那些第二次约会就想要结婚的黏人男生，我想要自由和宁静！”她始终强调这两个词，好像承诺不会是宁静的，并且会剥夺她的所有自由。

对这一言论，对于他们在谈论婴儿时她厌恶的神情，他欣喜若狂，“不是时候，必须先找到孩子的父亲”，她微笑着说。当然，永远不可能是他。于是，他挂上失望的表情：“为什么你这么说，我们的孩子会长得很漂亮……”。

不，他没有让她相信任何事，可是，他不能容许她没有充满希望，不容许她并非永无休止地进行战斗，尽管战斗已经结束了，已经失败了。

她不能提任何问题，要相信他。他向她发誓，他会做好安排，尽可能多地来看她，他总是想着她，即使他并不是总能向她证明这一点。

一个付出一切，另一个只有一点点。按照反常的协议达成的幸福不平衡。如果没有这些空白，她十分满意。

毫无意义的言语。转移注意力，掩盖一种罗曼蒂克的情人心思，她想要一个白马王子，能够攀登大楼，跨越国家，身涉险境，有力地获胜。

要是在电影中，会有人找到她，像理所应当的那样低调，抱住她，让她在怀抱中隐藏自己的痛苦。

已经有几个星期没有他的消息了。

“该做点儿别的了，公主，”他这样对她说。

“别的，”她重复着……“别的，”像是跟他的一个新阶段，更加牢靠，更加清晰。

“别的，”像是一个承诺。

他补充说：“后退一些来让我们更好地重聚……”

日子缓慢苍白地流逝。整理他最后的言语，打乱他最后的言语，解释他的叹息，他的沉默，让自己放心。

他会出现，把她带到远方，带到他们两人的爱巢中。

不，不会再有他的消息了。在没有意识到的情况下，她放任他离开。

她在痛苦与宽慰之间摇摆不定，因为有他参与的“别的”，或者没有他的“别的”而激动。

她装作相信,但是她相信,拒绝希望,但怀有信心。

“他只是跟你玩玩,他心满意足地回归了自己老去的妻子太过熟悉的身体。”最好的朋友责备她让自己被这个自私的家伙打动,放任自己的骄傲被剥夺,在他远距离施加的侮辱下屈从。

一天天,一周周,每个小时都像一把切开她灵魂的解剖刀。他会回来,不,是的,他必须回来,他会回来,不,是的,他必须回来……像是撕下雏菊花瓣的游戏。如果得到的结果是“是的”,跳到沙发上,像印第安人一样号叫。他会回来,它们是这么说的,花这么说,就是这样。

她尝试说服自己,好像在小时候,当她希望亚历山大迷恋上自己的时候。如果我在斑马线上奔跑而不踩到线,我们以后会结婚……如果我闭着眼睛数到12,妈妈叫我吃饭,我们以后会结婚,如果我刚好看到闹钟在7点29,我们以后会结婚。一切都是证明光辉灿烂的未来的迹象,一种与她最深切的渴望相符的未来。

如果花瓣不是她想要的,或者她的脚尖碰到了斑马线上的所有线,那么只能是个错误,无意义游戏的无效答案。无论如何,不会是一个不好的预兆,不会是一个值得考虑的结果。

听到需要听的,理解能够承受的,接受使自己得以存活下去的。

她不想怀孕，或许想。永远知道，有一种不可毁灭的联系会将他们绑在一起。她一点也不怀疑他作为父亲的态度。他会承担责任，他会为她、为了他们的宝宝而来。

然后是这种对衰老的恐惧，害怕她再也不能生育。永远都是一个女孩，不会变成母亲。

她感到自己的乳房更加沉重，肿胀，紧绷绷的，当把手放在自己平坦的小腹上时突然吓了一跳，发现它特别地凸出。

先是恐惧，然后是快乐。她所期待的征兆，它会推动身体的内壁，巩固他们的联合，阻止遗忘。

母亲不喜欢这段感情。在她看来，一对夫妻应该拥有“相似的土壤”,同样的年龄,同样的野心,同一个国家,同样的精神状态。“既然这么说的话,还有同样的血”,父亲曾经讽刺地说。母亲嘘声说:“啊,是的,同样的血,为什么不呢!”她接着说:“一切越相同,以后互相容忍就越简单,对吗亲爱的?”

如果我不是,你不是,如果你没有,我有,如果是,如果曾经是,如果,如果,如果,对吗,对吗亲爱的?如果你,如果我,如果我们,如果,对吗,对吗亲爱的?

母亲列了一个清单,关于在他们的感情中已经被一致认同的一切。不需要谈论、不需要达成共识也不需要重视的所有方面。一对相爱,相爱,相爱的完美夫妻的完美清单。

她同样致力于列举她的女儿与这个男人的关系中所有难以解决的障碍和缺陷。

“瞧,他,还有跟他年龄一样的老婆,他们一起建立了一切,两个孩子。他们是正常的,而你能拿这20年的差距怎么办,啊?”

“16年!”

母亲惊呼道:“是16年,但这改变了一切!16年,再加上你没有也不可能跟他获得的过去……你想要孩子吗?跟我保证,你想要我们当外公外婆,不是吗?”

不再回答,不再倾听。

“在你这个年龄,我已经有两个孩子了,你的哥哥已经8

岁，你都快5岁了。父母们必须年轻，否则会有代沟问题！”

母亲的话像断头台一样落下。斩下头颅。

她显然没有明确指出，他会永远是已婚的，她曾经让自己的希望翱翔，就像“离婚诉讼”是真实的现实。她这样说过……像是一个神奇的咒语，说出来让它实现。

母亲大声说，除此之外，他还没有离婚，离婚手续可以持续好久，“不，真的，这事儿不可靠，”她强调说，“这事儿不可靠。你都三十多岁了，不能再跟不知道自己想要什么的男人瞎混了。更不用说他欺骗了她老婆，他也会欺骗你的！”母亲挥舞着斧头，肢解梦想，屠宰希望。

他欺骗了他的妻子。奇怪，她从来没有想到这一点。没有罪恶感没有羞耻。好像她不是一个人，只是一个形象。她没有想象他们的关系，他们的联系，而是像一片遥远、已经结束的蒸汽雾。

他们两人处于一种诉苦的活动当中，他倾诉自己困难的处境，他没有任何选择。她安慰他，为他“充电”，就像她喜欢对自己最好的朋友说的那样，让他有勇气回到“监狱般的家”中。她伸出手，支持他。

但是，他什么都不需要，他的生活让他十分满意，每一天都是他渴望的结果。他喜欢看到她觉得自己很重要,像是一个忠心耿耿的母亲,对一切都小心对待,来让儿子好好成长。

她觉得痛，小腹很痛。像扎入肉里的一根冰冷的钉子一样锐利。她吸气。没什么，不会有什么的。她讲话来让自己的声音平静，为流出来的暗色物质找理由。

早晨，垫子更厚，浸透了凝固的血，脏腑深处的灼热液体。

头痛，像是一道炫目强光瞄准了她。她的大腿跟床单粘在一起，被干涸的分泌物紧紧抓住。

打电话给人。他。打电话给他，救救她。跟以前一样毫无个性的答录机留言。

打电话给人。快。救救还来得及拯救的。

她最好的朋友不在，一个星期才能回来，她会晒成小麦色，坐船，跟丈夫吵嘴。就像每次旅行一样，他们回来时满怀爱意，对于曾经充斥每一天的争吵毫无记忆。

这是他们的平衡，让所有人都深深地感到无聊，他们却没有。朋友们避开，只有两个人去度假，这一点都不重要，他们很幸福。

打电话给人。帮助她站起来，而不撕扯粘在床单上的皮肤，不要让她一个人承受她的号叫、她的眼泪、她的不安。

趁着四肢还没有虚弱到无法做出反应，趁着灵魂还没有枯萎，快点打电话。

电话那头，她哥哥。他问了怎么样，然后说“我就来”。他拥抱自己的妻子，他会随时让她了解情况，没有忘记小女儿要跳舞，大女儿需要一整套新文具。

他进了公寓，看门人认识他，给他打开门。他冲进房间。漆黑一片，百叶窗还关着。尽管如此，他辨认出妹妹惊恐的瞳孔。他抱住她，她喃喃地说“必须得好起来”，他回答会好的。

当她知道自己怀孕的时候，不在；当她想要告诉他的时候，不在；当小生命从她身体中流逝的时候，不在，不能送她去急诊室；不在，不能向她承诺他们会再次创造新生命；不在，不能让她的痛苦沉默。但是，她愚蠢地盼望着他。躺在白色的床上，凝固的目光盯着黄色的天花板，她对自己说，通过这一切，现在她或许有权力享有什么，享受他所说的“别的”。

她想象，她的哥哥会通知他，找到他，把他带来。他会奔向她，因为恐慌而兴奋，停下来只是为了请求原谅，并且最终爱上她。

最好他什么都不知道，最好他不来。她必须改变一切。她说服自己，改变一切。一段新感情很快会诞生，她会再次被人渴望，来忘记自己身上发出呜咽声的巨大空洞。

她不会再有孩子，不能再当母亲了。以女孩、阿姨、教母、朋友的身份死去。始终用同一个名字，同一个姓，同一个嫂子，同样的侄女。

5 年，10 年，30 年后还是一样，一个不会做世界上最自然的事情的女人，她差点成功，却又没能说服胎儿坚持住、相信她、信赖她。

停止工作，学校可以给她更多的假期，她不想要那么多。

害怕待在自己的公寓，不得不运转洗衣机、洗碗机来驱逐夜晚的气氛。害怕听到自己的呜咽攫住喉咙，痛苦的动物喘息。害怕一个人，没有意义的空虚，短暂的空白。

母亲建议，她可以回家，回到从她离开后就没有变化过的童年房间。“我会照顾你和你爸爸，我知道怎么做！”她说谢谢，但是不用了。哥哥也提议去他家，她也说谢谢，但是不用了。她什么都不想要，尤其不要变成家中另外一个四肢瘫痪的人。

哥哥说她错了。“你来我们家，伊莎贝尔会高兴死了。辞职以来，她感到很无聊。你知道，这会对她有好处。”

对我没好处，她想要大叫，对我没好处。看到你的孩子们叫嚷、大笑、双颊红润，太让我受不了。看到你对你妻子的关心，丰盛的早餐和无休止的讨论，太让我受不了。她沉默着，不想冒犯他们，他们不会明白，他们只是想要表现得体贴。母亲没有再提议，她只是把家里的钥匙跟兔子钥匙链一起放在女儿的包里，“如果……”她对自己说，“如果”。

在她的小公寓里，甜味不再充满所有的房间，甜蜜消失了。没法穿过走廊走到她的房间。她坐在平常放包的椅子上。她环视四周，然后不动了。

几个小时过去，影子在墙壁和天花板上跳着不同的舞蹈，方砖上的光线，镜子中闪烁的反光。

如果我再也站不起来，如果夜晚降临，生命回来，我待在这里，双腿断了。

光斑落在她的肩膀上，一直移动到她的鬓角。

她闭上眼睛。有一个不管什么的想法，抓住它，在各个方面理解它，与它联系在一起。一个想法，一个愿望，活着。

欧芭浴，欧芭浴，欧芭浴，欧芭浴，重复这些词来从中获得力量，好像拉动滑轮来拿到装满水的桶。

欧芭浴，欧芭浴，欧芭浴，依靠它们，攀登，攀爬，紧紧抓住圆润的音色。

欧芭浴，欧芭浴，欧芭浴，去买，跑步去买。

丰满的词语在她身上形成实体，为她的肌肉提供养分，指挥她的四肢。

欧芭浴，不再辨别意义，联系所有的音节。

站起来，下去，上来，放水，玩莲蓬头，创造出丰盈的泡沫岛屿。脱衣服，进入滚烫的水中，清洗全身。

恢复她战栗、起皱的皮肤，抚摸冒犯她的身体，请求原谅，来让它重新活过来。

她最好的朋友名叫琳恩。她们在小学相识。首先是势不两立的敌人，然后是形影不离的朋友。二年级，战争，四年级，和平。从来没有人知道为什么，甚至她们也不知道。也许是因为她们太过相似，也许是因为她们太过不同。五年级开学时，琳恩不得不搬家转学，她爸爸被调到了另外一个分局，母亲要跟着去外省，孩子们也一样。可怕的心碎。

随着时间，一切开始有点走上正轨，有两个生日，两个人没能在一起过。要找到别的朋友，周六再也不能到好友家过夜，再也没有布满图画、剪贴的共同小本子。再没有秘密，欢笑。她们互相写信，但是写信和寄信、收信和回信之间时间太长了。逐渐风化的友谊。再也不是对方最重要的朋友，愈行愈远。

长假期间，妈妈们交谈："太可惜了，她们太可怜了，还有您的丈夫,您的儿子,还有……”

因此,她们决定在乡下给两个家庭租一间房子。这成为一种不变的惯例。

每年夏天有一个月,重逢,在清凉的游泳池中一起游泳,用一个有缺口的大碗吃麦片,紧挨着彼此在窗子旁边的大床上睡觉,还有来拜访的昆虫和尖叫,从而让父母们醒来,跟这些长着翅膀或者爬行的入侵者作战。

一个月,捡桑葚,躺在麦子里,互相讲故事。一个月,闹翻,和好,谈论她们的梦想,计划长大之后一起生活在属于两个人的公寓中。她们考虑壁纸,对图案没法达成共识,说到厚厚的地毯,一张柔软的床,她们会上班,她们会举办聚会,她们会分别有一个丈夫,他们会很帅。

然后要分开,耐心等待直到下一年。然后要紧紧地拥抱,为了在她们的记忆中留下一个烙印。

“我们要互相写信、打电话,女孩们,你们可以互相打电话。”她们大叫着是啊是啊,什么都没有发生,日常生活占了上风,她们只是夏天的朋友。

然后琳恩的父母离婚了,不可能再有假期的聚会。母亲带着孩子们回来,住在他们之前在学校旁边的住处。

琳恩重新变成了她最重要的人,她的标准。到彼此家中过夜,因为同样的傻事而被呵斥,在课堂上太多的闲聊。她们长大了，曾经是彼此初恋初吻的见证人，抹去彼此的各种悲伤，互相提供建议，因为对方的分析而弄错。

她们的关系像是一块具有微小网格的布。没有任何空气的扰乱，有时候是弹力材料，始终不可毁灭的。稳固的理解，既得的原谅。

在他们家，不再有父亲，而是另外一位胡子更茂盛，更胖，更快乐的先生。琳恩不喜欢他，她很愤怒。琳恩想要跟她父亲一起生活，但她的老朋友们，她的新中学，跟她最好的朋友在一个班的机会，战胜了她的冲动。

父亲留在了寒冷的外省，在他灰色的分局中，远离孩子们、深爱的妻子和全家一起度过的夏季。他从不抱怨。他等待一切恢复正常，收到一通太过沉重的思念电话，原谅的电话，让他回去到车站接他们。他寄出装满礼物、糖果、甜言蜜语的神奇包裹，有点好玩。每个孩子一个包裹，每星期一个包裹。这是为了他们，但也是并尤其是为了了解，那位快乐的胖胡子先生面对他堪称完美的父亲地位竞争者会有什么样的反应。他也指望妻子会有罪恶感和不安。

但是，琳恩的妈妈终于也被这位胡子太茂盛、太胖、太快乐的先生搞得神经紧张，再也无法接受他控制父亲地位的专横反应。她责备他缺乏关心，缺乏野心，毫无理由以及总而言之令人难以忍受的经常性发笑。

琳恩在她妈妈冲动的波浪上航行，哀求让她的父母重归于好，“爱的信誉已经用光了，”琳恩的妈妈重复说，“我爱他，因为他是你们的父亲，但不再因为他是个男人。”

琳恩的爸爸一个人，妈妈也是。始终是每个孩子一个包裹，每星期一个包裹。寄出它们的理由不再一样，现在只是为了做好事，为了献出爱。很快，是每个孩子一个包裹，还有一个包裹是给妈妈的。三个神奇的包裹，让生活变得美好。父亲猛烈追击。这帮助他保持平静，并且让日子不那么难过。他坚持要让他们感到意外，感动他们，让他们笑。

给妈妈寄了四个星期包裹之后，他再也没有想法了。她从不回复，但是他想象得到她的微笑。

他给自己身体的每个部分拍照，脚、膝盖、屁股、肩膀、鼻子、睫毛。全都拍照。他每个包裹都把自己的一部分寄给他的妻子，有时候是两块，或者甚至是三块，为了少花点儿时间。

一天，有人按门铃。就像每个周二早晨，包裹到来时一样，母亲急忙打开门。但是门前，没有邮差，是她的前夫。他只是说了句：“今天，我就是包裹，一次性送来我身体的所有部分。”母亲笑了。他进来，坐在厨房里，懒洋洋地坐在餐桌旁，头埋在双臂中睡着了，他再也没有离开。

父亲闭上眼睛，不想再睁开。他将全部的眼泪都忍在眼皮背后。不要在他女儿面前流露，不要让她蒙受额外的悲伤。自从母亲解释了婴儿的事情，自从他看到自己的女儿离开，总是那么勇敢，始终微笑着，他不停地想着他为女儿感到骄傲，他想要在不流泪的情况下告诉她。

在整理东西的时候，她发现了挂在她童年钥匙上的兔子。她感到心中充满着那么的谢意，以至于不可能把它们放到一边，不可能将它们推迟到更晚。她回到父母家，长时间地拥抱自己的母亲，一言不发，什么都不说，不要让她跟平常一样败坏一切。在母亲刺耳的声音中她听到了几个句子，几个没用、不合时宜、令人痛心的句子。几个句子，让所有爱的语言、谢谢、我爱你消逝。几个句子,比如"我有道理吧,我早就对你哥哥说过你会来的。我了解你。像这么脆弱,是该来母亲这里!"

在她的言语中,没有什么严重的,没有什么严重的,但是一切都太多。应该对她说什么?太好了,你太棒了?然后这个词语,"脆弱",有谁会相信,听到自己被用这样一个词语来总结会有好处?

她离开母亲的怀抱,到客厅来找她的父亲。他就在那里,闭着眼睛,像是一个脆弱的娃娃。

父亲想要告诉她,他为她自豪,他想要在不流泪的情况下告诉她。"不要叫醒你爸爸,昨天我想进客厅的时候,我看到他在闻来闻去的。他闻来闻去,闻来闻去!"母亲说啊说,她堆放词语,一些比另外一些更沉重,像是在房间的中央砌起一面墙的许多多孔砖。"你带给他很多的不安,我亲爱的,需要为你父亲避免这一点。"她这么说,母亲她这么说。带着那种陈述某种永恒真理的肯定性。她坚定地这样说,坚信那些多孔砖的重量。

不要尖叫。回到自己家。只记得包里曾经感动过她的小兔子钥匙圈。

她在自己的颌骨之间挤出一句完全变形的"是的妈妈"。她靠近她的父亲,蹲在铁椅子旁边,握住他的手。

爸爸想他很自豪，那么自豪，因此他想要在不流泪的情况下对她说。对母亲的粗俗感到的愤怒，让他的眼泪干了一点，他把眼睛睁开些微，喃喃地说："她为你自豪，非常自豪，她想要在不流泪的情况下告诉你。"

她用目光回答"我知道"，拥抱他，拥抱母亲，保持平衡踩着一条细细的线，从他们家中离开。

孤独的脚步。失望的脚步。充满对她靠不住的父母无尽爱意的脚步。力量的脚步。希望的脚步。为了他们的脚步。反抗他的脚步。一步为了她，两步为了她，三步为了她，四步为了她，八步为了她。线变得越来越粗，变宽，愈发延伸。她奔跑，蹦跳，飞行，线鼓励她。

为她，为她，为她。只是为她，为了明天。

她的嫂子伊莎贝拉每天不停打电话给她，打听她的消息，了解她在哪里，问她是否想做这个或者还是想做那个。

伊莎贝拉有很长、很扁、很细的头发。她坚持要把头发留得很长，来证明她有头发。她有时候会编一条辫子，像是一条直到她屁股的褐色铅笔线。那不是很好看，没有人觉得好看，只有她对于最糟糕状况的恐惧阻止她剪掉仅有的用来充当头发的藤状物。她有张漂亮的脸，人们习惯了这张脸，既不特别，也不是不规整。一张到处都适用的嫂子的脸。哥哥没感到她有任何魅力，然后他习惯了。

他们在大学相识。他学文学，她学哲学。他们都不学习。他们在课程之间抽烟，然后再上课，然后他们不去上课了，然后他们不抽烟了，他们再也没有停止见面。

伊莎贝拉感到非常无聊,孩子们在上幼儿园和小学。她没预料到自己的无聊,没有想到这些没事儿可干的松弛时刻。

哥哥给她推荐各种各样的活动,在书房帮他的忙,将行政文件分类,订约会,休息,去看电影。她回嘴说:“一个人?一个人去电影院?”

哥哥说“对不起”。他不知道他为什么要说对不起,但是他觉得最好这么说。他认为在妻子的问题中听出了受伤害的意思。

伊莎贝拉每个月都决定从事一个领域,但是她没法保持自己的愿望。欲望消失了,被她忘记,让她失望。于是,她狼狈地回到了自己完全空白的生活,这种生活只有在她的女儿们回来吃下午点心的时候才会变成粉红色。

伊莎贝拉喜欢她丈夫的妹妹。她丈夫的妹妹喜欢她哥哥的妻子。不太多,不太少。没有激情,也没有冲突。

哥哥就是这样,他在撞上之前先请求原谅,在别人辜负他之前原谅,在别人向他请求之前接受。

哥哥与他老好人的名字相称。贾斯丁,没有趣味,没有动人之处,像咀嚼的反刍类动物一样温和。贾斯丁是忠实,温柔,单纯的。她和他,哥哥与妹妹,同一个人对立的两面。

这一点她一直都感觉得到。在警察电影中,在摇摇摆摆光线暗淡的灯下面,好警察与坏警察。她没得选择,哥哥是先出生的，她拿到的是剩下的东西。

他是完美的贾斯丁。她所喜欢的文字游戏，从她会写字开始她就会玩这个游戏。他恰恰是不完美的。像过去，像衰退一样不完美，因为有不足、缺点、弱点而不完美。

这只是一个文字游戏，贾斯丁是完美的，完美而无聊，像伊莎贝尔不跟女儿们在一起的那些太过漫长的时间。干净、清晰、位置合适的家庭。没有叫喊，没有严重的事情，没有压力。稳定的道路，通向一种与现在相同的未来。永远的同样画面，从未感到不安。毫无惊奇地找到他们所了解的东西。

伊莎贝拉给她打电话，又给她打电话，然后厌烦了。她想要成为室内设计师。不！建筑师！然而，图书管理员，真的会很棒。她在因特网上在关键词之间漫步。一个词将她拖向另一个词。为什么不是娱乐中心的主持人，跟孩子们一起工作，会很棒！

最后给她的小姑子打一次电话，让她帮助自己实现刚迷恋上的东西。

她已经当了 9 年的幼儿园老师。她负责三到五岁的孩子，把她所知道的全部教给他们。她班上的孩子们像是她的孩子一样。因此，她没有发觉时光为她带来了女人的衰老。

她感觉到自己被他们充满，满足于看到他们在她的班上长高几厘米，满足于看到他们的目光充满活力、他们的手变得更加灵巧。但是，其他人的孩子回到其他人的家。即使他们崇拜老师，仍然只是个老师。不像爸爸和妈妈那么重要。一个会被另一个老师代替的女老师，孩子们忘记了她，或者只有个模糊的记忆。“啊是的，一年级的女老师，戴着长方形眼镜的？不，那是三年级的老师。那个管我叫‘我的小白鹦’的呢？那是幼儿园小班的老师，当你跟弗洛拉是朋友的时候。”

一切都混在一起，颠来倒去，被抵消了，而父母们，他们是固定的，像是千年的老树。

她想要回到以前，回到最初。不要太喜欢孩子们，不要满足于这个位置，不要让自己被这个角色侵入，好像这样就够了似的。

她想要回忆那些阻止她在经历过的不同感情中怀孕的理由。

她不害怕人生的最后部分，流逝的生命。她曾经相信，它会在合适的时候到来，不用注意。所有的女人都会做，成为母亲，一次次的。

她那么想他，想念他的酒窝，他的狮子鼻和他的双手。

伐木工人的双手，巨大，宽大，能够建造，摧毁。

一双手，可以把自己安置在里面，蜷曲在手掌中，用他的手指覆盖自己。

一双什么都会做的男人的手，抚摸，保护，杀死。

他把双手放在她身上，像是弹奏乐器。他了解她的弦，她的共鸣，她清澈的音符。

在他的指骨之下，她感觉自己非常轻柔，像是他的皮肤映着她的皮肤。

神圣的双手，鼓励，保护。

建造、创造、发明的双手。

改变世界，摧毁一个生命的双手。

他要求他的一个孩子换班。老师不体贴，不对，不公正。他们约见了校长，但是他的妻子没能来。过于专注在出版前要完成的关于最新时装表演的页面。因此某个周二的早上他自己又去了一次。校长跟他握手，然后邀请他到自己的办公室坐下。他们最多只交谈了十分钟。学校的钟响了，学生们从所有的教室里出来，在楼梯中奔跑，为了去院子里玩。

她总是对自己班的学生说稍等一会儿，等到大孩子们下去之后，不要被携裹在拥挤当中。她走在他们前面，像是一位将军，带着她的小小士兵们。她不是通过严厉来强制执行，而只是为了让一切进行得最好，没有混乱，没有痛苦。

她面对面碰上了校长和离开的爸爸。

她既没有注意校长,也没有留心离开的爸爸,只是草草说了一句礼貌的你好,她的脑袋太满,太重,沉浸在自己的思绪中。

前一天,她爸爸出院回家了。前一天,她意识到,一切都不再一样。家庭的每一个成员都会发生变化,染上另一种色彩,洗去他最初的位置,并不情愿,却不能做别的。变成父亲的母亲,丈夫的母亲,自以为是父亲的哥哥的妹妹。

像是一场地震,一场大动乱。国家移动,某些河流四下横流,某些土地消失。从此,应该这样生活。

不要惋惜过去。不要埋怨自己没有如何,或者有过如何,如果这一天,如果这一次,如果昨天,如果。

如果什么都没有。

被破坏的风景。

接受并这样生活。

她将自己的东西放在校长办公室旁边她的格子里,然后去找她的小鸡们,她就是这样称呼他们的。

当她非常接近他们的时候,悲伤神奇地远离了。

第二天,她在操场上看到了同一位爸爸,跟他精心打扮的漂亮妻子一起离开。第三天,他一个人在玻璃大门旁边。第四天,离开的爸爸又回来了,但是她从来没有碰见他带着他的孩子们。她问自己，他在等什么。

八天后，离开的爸爸不再离开。他对她讲话，他们在教室休息室里喝了一杯茶，并且几乎没怎么讲话。

她的眼泪太明显，她的喉咙太紧。

那是食堂时间，孩子们在餐厅吃饭，下次打铃之前 1 小时 30 分钟。

他说“我冒昧”，他确实冒昧。他说“原谅我，如果我冒失的话”，他确实冒失。他说“我不知道是否可以这么做”，但是他做了。他说“您可以拒绝我的午餐邀请”，她拒绝了。

晚上，她后悔，她希望，他会跟每天一样再来，但是他没有回来，第二天没有，第三天也没有，四天后也没有，八天后也没有。

她只想着咖啡机旁的这一刻，被她太过明显的眼泪、太紧的喉咙所糟蹋的时刻。

然后在为了庆祝 12 月末举办的活动上，他坐在观众里，第一排，来拍摄他的孩子们。

他们交换了一个眼神，一个长长的眼神。她微笑，他没有。他精心打扮的漂亮妻子在他耳边悄悄地说出秘密的话，大笑。

大笑对微笑，像是一扇门的微笑，像是一座终于落下，迎接身穿盔甲的骑士的吊桥。

最初几次没有爱，没有任何欲望将她的心交托给这双如此宽大如此厚实的手。她喜欢他的味道，他的脖子，他指甲的形状。她品尝了他的胸膛，他的双肩，他熊一般的臂膀。对她而言，他像是一个垫子，某种不会造成伤害的柔软东西。

他这样称呼她，“他的公主”，崭新的昵称。她为他提供了兴奋的源泉，性的悸动，因为她所代表的禁戒而带来的野兽气息。他觉得受伤的她很美，他感觉自己能够挽救她。

当他拥着她，他像是发现无暇的白雪、闪耀着纯洁的冰块一样闻到了一种不熟悉的味道，一种香气。

他不再对他的妻子怀有欲望，由于激起他对他的“公主”的欲望的各种原因，但是他爱他的妻子，由于永远阻止他爱上那个只会是一个情妇的女人的各种原因。

他不像其他人，他在“错误”之后不会送上一束花和一件礼物，他在之前送，否则他的罪恶感会影响他的快乐。他表现自己的关心，自己的存在，最大限度地照顾他的妻子，这让他可以开一点小差。

他不知道他的妻子是否以同样的方式行事，她没给过他什么东西……

不，很显然，她并没有染上这种想要一个情人的肤浅欲望。这一结论让她崇高，让他为她自豪，并且原谅了由于“铭刻在基因里的没法反抗的男性弱点”所犯下的举动。至少他是这样描述自己的。

一开始，她觉得他有点粗鲁，笨手笨脚的，像是他有一千年没做过爱似的。她曾经大胆地问过他家里最小孩子的年龄。他回答说：“现在这要做什么？”她拿出医生的神气，严肃的声音：“只是为了知道是否有 2 年、3 年还是 10 年你没有……你懂的！”他又变成了一个赌气的小孩子。她低声说：“我会重新教给你……”然后滚到他身上，像小孩一样，玩耍式的。

他在羞耻、失望、害怕再不能跟她做什么以及希望在他将要发明的惊人震惊的壮举之后让她永远收回前言之间摇摆不定。

她并没有真的收回前言，并没有真的壮举，但是他们亲密而幸福的关系的确刚刚被建立起来了。

谁都不喜欢这段感情,因为道德问题和可能会造成的痛苦。好像是她有意跑进了一个死胡同,尽头的墙迟早会倒塌压在她身上。

她最好的朋友最初的反应是:“还挺好玩的,必须这样保持下去”然后接着说:“你这些蠢事总是带来同样的困难!”

琳恩什么都敢说,好像她谈论的是她的姐妹或者她自己。没有扭扭捏捏,没有装饰。

“弗兰克?还是,弗兰克?但是你本来可以选择一个凯文,一个亚历山大,一个格瑞戈……弗兰克?甚至连名字都老气横秋。可以选择碰到一个更有魅力,更性感的名字,弗兰克?镶嵌着钙质的贝壳色肮脏牙齿。在弗兰克这个名字中,我们听到的是土鳖,积满污垢的,胆小的。”

她打断她，指出，她不是在选择她儿子的名字，现在说的是她现任男友的名字，没必要满地打滚。

最好的朋友于是举了自己作为例子，“我，我选择了一个马利克·阿卜杜勒，至少这是新奇的，有点变化，是特别的。马利克·阿卜杜勒，不平常，很可爱。”

她什么都没有回答，她始终觉得这个名字发音很讨厌，太长，太复杂。总而言之，她因为跟一个弗兰克在一起而感到轻松，简明、简短、低调的名字，正如他们所维持的那种关系应该的那样。

她没有跟贾斯丁过多地谈论此事。他说，最重要的是她幸福。很好听，也很安心，但是对话结束得太快，没有可能的争论，没有要找到的理由，没有战斗，没有对手。

“如果我不再幸福，”她问，“如果情况很不好，在这种情况下，那么？”

他回答说，目前不是这种情况，“为什么要这么想，如果发生了，我们再看。”

这个“我们”让她安心，他会在那里，如果她突然忧伤了，他会支持她，但是他句子剩下的部分让她厌烦。过于沉着的先生，什么都不会让他恼火。

她本想要一个好战的哥哥，一个暴戾的哥哥。“要是他敢让你难受,我会了结他的生命,我要杀了他,如果他让你更加痛苦,我会折磨他,如果他让你更加更加痛苦,我会把他千刀万剐,然后让他的小孩吃下去!”

有一把日本刀,一把狙击枪,一辆坦克的哥哥。一个在照顾她的伤口之前会消除疼痛来源的哥哥。

琳恩说,如果他这么做,那就不再是一个哥哥,而是俗套的白马王子,因此不如说是一个丈夫。

她没有回到这个话题,她祈求太阳系、银河和星球,这会是真的,她将会在她的情人身上发现这一点,具有食人怪兽气质的男人,将会击败恶魔并毁灭敌人。

在她心中,完全不可能想象食人怪兽般的男人是她现在的爱人。食人怪兽般的男人应该是完全招之即来的,没有过去,也没有在别处的现在。一个将构成他的物质奉献给她,来由两个人并且只是两个人共同雕刻的男人。

弗兰克不谈论他的孩子,有时候会谈论他的妻子,他从来不说她的坏话,但是她在他的沉默中感到一种厌倦。厌倦了一种在贴着标签的小柜子里贴着标签的小抽屉中贴着标签的小盒子里井井有条的生活,一切都贴着标签,一切都太狭小,一切都是固定的。

她肯定,小家伙们的衣服上带有他们的名字,严格遵守大小写,男孩的字母是蓝色的,女孩的是粉色的。也许甚至是弗兰克的衬裤上也标着他的姓名首字母,她从来没有确认过。一切都应该经过熨烫,杯子都是一个样子,厚重并氧化的整套银餐具,继承自妻子这边富有的古老家族。一间擦得干干净净的屋子,早晚由一位深色皮肤的清洁女工打造,更加显得富有。

她不是这样长大的。他们丢了所有的衣服。从夏令营回来，箱子空了，没有任何责备，母亲说："他们应该比我们更需要这些衣服。"

没有专有的衣服，一个巨大的公用衣柜。每件衣服都被整个街区的小孩、表兄弟们穿过。盘子是不成套的，淡紫色的花，蓝色三角。没有足够的碗，芥末瓶①，没有盖子的广口瓶。什么东西碎了就是碎了。没有人再买，也不会用新的来替换。他们就是这么着，或者说没有也就这么着。在这个屋子里，每个东西都移动位置，生活，没有空间，或者有太多空间。没有整理，没有盒子，没有抽屉。书到处都是，堆在一起，用作垫子。一切总是颠过来倒过去。一切都有可能，家具变形，移动，哥哥不是每天晚上都睡在同一个位置。垫子被从一楼推下来，放在他们想要的地方。一切都可以分享，所有人发牢骚，所有人永远都找不到东西，但是生活是热腾腾的、充实的、独特的。

为了能够将她的情人与她的回忆、与她甜蜜的童年联系在一起，她拒绝想到这一点：他跟他的妻子一起建立了这个系统。也许是他本人参照他自己的家庭强加了这种系统。

---

① 用光芥末之后，芥末瓶可以用来当杯子。

她需要相信，他跟她是一样的，来自于同样的“土壤”，正如她母亲所说的，来自于最古老的根的相同树皮。

情况完全不是这样，但是这增强了他们感情的诗意，为他们爱情没有希望的幻想提供营养，这才是对她具有重要性的。

她没有预料到，他们的感情会成为历史。最初她不想要这样，她想象的是精神失常。尤其不要坚持，尤其不要等待，依靠，变成她的一半，因为他们是两个人。

她憎恶那些夫妻们。四条胳膊，四条腿，两个具有默契而有区别的大脑的人联合在一起，成为一个身体，一个头，一个具有两种声音的固定微笑。

她最好的异性朋友有一天决定，要在他们的关系中引入一个女孩。他想要跟以前一样，去同样的地方，进行同样的谈话。只是他不再单独跟她在一起。在饭店，多了一把椅子，在电影院，他把她放在他们中央。她的名字叫贝娜蒂特，矮胖而健谈，话多的贝娜蒂特。她对什么都感兴趣，打断谈话来更好地弄明白，来“弄清事物的根本”，她说。

于是,他解释,回顾所有的细节,回答不停的为什么。对话失去了节奏,意义。最终变成了他们两人之间的对话,她在头脑中逃走,来让自己不要变得粗暴。

在电话中,也有贝娜蒂特的位置:“她想要跟你说句话,等等我把电话给她,她会比我更清楚。”

明信片不再是有趣、与现实错位、大胆的,只是些平淡无奇的纸板,背面有两种字迹。更可能的是放上某种微不足道的东西,或者是严肃的东西,秘密应该在三个人中分享、透露、暴露。“作为女孩,贝娜能更好地给你建议。”

她一直喜欢他,只是因为他是个男孩,一片带有难以理解的复杂隐蔽角落的领土。需要他的目光,来了解这个不属于她的神奇世界。

他将接力棒交给了“贝娜”。也许是为了将她加进来,肯定是为了做好事。

有一个朋友,然后是这个朋友的一半,然后是四分之一,并且决定,他不再是一个朋友,只用跟他妻子待在一起就够了。

他们曾经尝试过在一起,让人以为他们是情人。他们当时 23 岁,人们老是对他们说,他们具有一种“特殊的关系”,所以他们投身到这种冒险当中,来品尝其界限。

在大楼院子深处的一个脚手架下的初吻。尝试照着他们的想象来做。她,贴着墙。他,卡住她的手腕。她,用一条腿缠住他的身体。

具有性的意味而非性感的初吻。两个什么都不再决定的生物,像是被一种超级力量所占据,这种力量让他们渴望,呻吟,享受,消失。

事实完全是另外一个样子。脚手架的篷布在皱巴巴的铝片的噪声中脱落。砖落到他背上,他的腿缺乏弹性,沉重,发麻。应该是野兽般的吻只是技术性的。缺乏技巧,缺乏灵活,尤其缺乏欲望。

他们之后要去的聚会冷淡地进行,好像是靠近彼此让他们失去了幽默感,失去他们对彼此的了解。好像是这种身体上的短兵相接消灭了魅力,造成他们的慌乱。

这证明了永远不会再有与爱情有关的事情发生。这个夜晚回荡着哀悼。不再有"也许","为什么不","我们永远不会知道",因为他们现在知道了。他们撞上了这种假设,太近地触及他们的暧昧关系,他们明白了,爱情永远都不会再在考虑之内,永远都不再是一种可能性。

两分钟的认真,一星期的尴尬,12 年的疯狂大笑。直到健谈喋喋不休矮胖的贝娜蒂特,他们友谊苍白而贫乏的总结。

最初几个月没什么，只是很简单，偷偷摸摸的。她还没有感觉到需要他。她喜欢生活中的这个“附加物”，但他只是一个附加物。不是关键、必不可少的概念，不是没有他我就一无是处的概念。

当她发现，一个人，她感觉不像跟他在一起时那么好，不那么美丽，不那么出色，她明白了，事情变得不一样了。需要他的目光来感觉到自己充满活力。他离开了，带着她的生命精髓，让她因为没有他而空空如也，因为她奉献给他的这部分灵魂而空空如也。他离开了，被充满，恢复了活力，抛弃了布满细碎裂纹的她，变成带裂纹的栗子壳。

她想要让他再多停留一会儿，他不能够。她希望，步伐扩大，变成大步，然后他们两个人终于开始奔跑。他没有准备好,需要给他点儿时间。在她看来,他的回答已经是一种进展了。他没有说“不,永远不”,她听到了“很快很快”。

她肯定,他们的关系对她和对他具有同样的重要性,他不能没有他们滚烫的茶,还有小小的杏仁蛋糕,他带来作为下午点心的杏仁糖马卡龙。他爱煞她触摸他、让他惊喜的方式,他的生活不能没有这一切。

她相信这个,她有道理。

他想要保留这些时刻,这种关系。不能与“他的公主”分离。他想要这种关系永远延续,是的,但是在同一个位置。什么都不改变。

一个半月不再有他的消息了，他音讯全无。

她要求了太多的东西，抱怨了太多次，花了“太多的时间”，好像她说的“太多希望”，一切都太多了。

在他们最后的某次谈话中，他明白了，他永远不会再拥有他所喜欢的情况，不再有保持平静、什么都不亏欠、在他谎言的三角关系中保持自由的保证。

她终于谈到了承诺，她自己的需要，她的渴望，她的怀疑。她谈论这些，已经很奇怪了，她几乎什么都不曾说。

她反复地说：“但是你明白，对吗，你明白吗？”他同意，来让她沉默。他一点都不明白。

他到底做了什么，竟让这种关系绕了弯，变得弯曲，拐弯抹角而且复杂，而她对于他始终是让他能够承受另一个人的气息来源。

他受够了与他妻子的这种关系，卑躬屈膝，小意迎合，付出一千种努力，而如果他对她忠诚的话，他甚至都不会想到去做。注意孩子们的学习，购物，家里的事，在家的时候有求必应，亲切，随和，来解释他的不在家，而不需要回答充满怀疑的问题。

他不再记得，他是因为什么原因而置身于这段感情当中。是的，他追求的她，咖啡机旁边的小老师。他没怎么过多地推动，她的眼睛引诱了他。几次约会之后，他赤身裸体地贴着她，但他什么都没有强迫她。

他懊悔自己对于永恒平衡的肯定。他以为是一泓清水，事实上却是一片火山熔岩。

他担心周末，假期，她再要求去什么地方。他本应该再次回答，不可能，他很抱歉。

机缘巧合得到了一个情人，什么都不摧毁，什么都不建造。

撒一点谎，不要更多，越来越多地撒谎，总是在撒谎。在一个和另一个之间，在他所希望的和现实之间玩把戏。收到每一条书面或口头信息时神经质的恐惧。回忆的混乱。害怕弄反名字，害怕弄错对他妻子或者另一个女人叫出的昵称，逐渐给她们同样的昵称来避免弄错。然后，许多直至当时并不重要的问题，它们让人不得安宁，等待回答，还有他的“公主”，她想要变化，强迫他做出决定。

回到一种平庸的形势，不让他渴望，但让人平静，使人净化。

她没有希望怀孕。她只是没有注意,有风险的避孕药,如果这会发生……

她不想,但是她并不反对。相信命运,脆弱地挑衅它,撩拨它,信赖它的安排。

她渴望看到弗兰克的反应,好奇他会说什么。她肯定他会做出正确的选择,未来的选择,一种新开始的选择。

她不知道跟谁谈论这件事。她害怕,人们会强迫她接受一种太沉重的现实,最好的朋友会以为她是疯子,妈妈因为不幸而垂头丧气,哥哥重复他的“只要你幸福”。

她最好的异性朋友已经早就不是她最好的异性朋友了,

她再也不对贝娜蒂特的另一半说什么了。他们会做出一致的反应,使用同样的语言。不管他们说什么,她都不会赞成。

她保护着她的宝宝,像是保护着一个秘密。第二天,她像平常一样去学校,在经过院子时,经过弗兰克的孩子们时,她想:“我的天使,我向你介绍你同父异母的哥哥和姐姐。他们不会跟我们一起生活,但是他们周末和假期会来看我们。”她抚摸着自己的肚子,为了向他传递自己的梦想。

她很清楚地知道,她在给自己讲故事,没有什么是真正已经确定的,然而,现在她对于他们三个充满信心,所以世界一定是美好的。

她肯定,她身为母亲的状态会显露在脸上,她散发着母亲的乳汁、棉质尿布和最新型童车的光芒。

她感觉到自己对班上的学生比平常更温柔,笑得更开心,还有无极限的耐心。

她准备晚些时候告诉他,日常约会的时候,下午茶时间,就在放学之后。

“弗兰克,属于你的什么东西。不。我心爱的,我身上的一点你。不。我的天使。不。弗兰克,我。不再是。你必须。我要……”

没法找到好的表达方式,第一个句子,导火线。

她会拉着他的手，放在自己的胸脯上，“它们变大了，你没发现吗？”他会回答“嗯，让我尝一下”，她会补充说，“这是因为……”她拉着他的手往下，放在她非常平坦却有被充满感觉的小腹上。

明天，她会打电话给所有人，一个星期之后，整个地球都会知道了，10天后，他们会一起布置新居，15年后，他们会是一个分解、重组、拆散、重组、稳固而幸福的大家庭。

这个星期一他没有来，事先没说。

身上带着这个新生命，她感觉到自己如此美丽，如此强大，所以她并不担心。她度过了一个迷糊、陶醉、无法自已的夜晚，像是飘飘然在一切之上。

半夜，她醒过来，她的理智因为恐惧而蜷成一团。她重温他们的谈话，“别的，另一种方式”。他没有离开她，她会意识到，她会追上他。她重温各种味道的言语，灿烂的或者肮脏的，她恢复了理智。

什么都不要自己捏造，她对他发过誓，永远相信他，她应该信守承诺。

他有事，不是别的。明天他会给她个惊喜。好像他已经做过的那样。早餐时突然出现，带着鲜花、面包和无花果酱。他会一下子抹去这些疑虑与烦忧。他们于是可以分享他们的礼物，他们融合的成果。

醒来后，她穿上衣服，或者不如说是熟练地脱下衣服。她没精打采地穿上一件他送的小睡衣，放下细细的肩带，让双肩空无一物。她整理了客厅，拍松沙发上的靠垫，点亮一只熏香蜡烛，选择一种背景音乐。

她想要向他展示清晨的爱火，一个没有责备，没有问题的早晨。楼道里的每一点声响，她都感觉到自己浑身滚烫，她准备慢慢地走到门边，装出惊奇的样子。不是他。分钟慢慢流逝，每分钟都像一个月那么漫长。

上班的时间到了。她吹熄蜡烛，许了一个愿望，像是吐了口唾沫，“他去死吧”。

10点，她最好的朋友给她打过电话。她听了留言，以为这会是抱歉的弗兰克的借口。她最初埋怨她最好的朋友带来了虚假的快乐，之后却感激她在自己这个怀着孕的孤单可怜女孩的生活中时时都在。

“那么,你要怎么做?”

她们两个人,坐在离学校最近的咖啡馆里。她呜咽着回电话给她最好的朋友,后者不到半个小时就赶来了。

她去告诉校长,她感觉恶心,需要休息。她的学生们唉声叹气,哭哭啼啼地说他们不愿意,没有老师太没意思了,然后被分散到其他的班级中。他们的反应平息了一会儿她的痛苦,并且几乎让她收回申请,改变主张。但是她最好的朋友应该已经在等她了,因此她赶忙去找她。

“那么你要怎么做?”琳恩恼火地说,“他妈的,伊娃,回答我!”

她闭上眼睛,不能用眼泪回答。

最好的朋友站起来,绕过桌子,抱住她并且说,不管她的决定是什么,她都会在那里,她们会设法应付一切。她们这样待了很久。一个人呼出的气在另一个人的头发中。

她想要他为她抛弃一切,他回来并且爱她胜过一切。最好的朋友她将这个结尾看做是一种祝福。她本想让她安心,说出伊娃想要听到的言语,但是她只想到一件事,蠢货终于逃走了,流产比较重要,这值得庆祝。

琳恩将这个想法埋藏在内心最深处,但是她轻松的呼吸泄露了她的想法。

"所以,弗兰克不知道……"

"不,他不知道,不论如何,他离开了,他离开了我,他伤害了我,"她感觉"那么痛,有多么爱就有多么痛"。

最好的朋友讨厌歇斯底里的场景,悲剧化的独白。她打断伊娃,有力地说:"没什么不正常的,这是你这段感情中唯一有点正常的东西。别人离开我们,我们感到痛苦,就是这样。你不要蜷缩在里面,在悲伤中感到满足。这个家伙是一个蠢货,一个蠢货。你用一个广口瓶把他的精子还给他,你把它放在他妻子家的楼道里,上面贴一张标签。然后你去干别的。他汲取你的生命已经6年了,我们承受他的缺德,他的自私,他愚蠢的恐惧已经6年了。他用自己可悲的生活亵渎我们已经6年了。6年！天哪，你还想继续么？”

伊娃不再听。最开始她笑了，因为她是这段感情中的美人而他是蠢货而高兴，但是她还没有准备好生吞活剥地学会这种仇恨。她不想要肚子里的阵阵起伏。

“伊娃，如果他回来，向我发誓……”

她什么都不会发誓。如果他回来，他就会回来。她会绑住他，将他永远封存在她身边。

最初，出于自尊，她对自己说，我才不会打电话呢，我才不会给他写信呢，我才不会做出表示呢。

他会想她，他会吐着舌头回来，裤子因为跪着磨破了，双颊因为痛苦而长满包。她不会立刻同意，他必须为自己辩解，他必须证明今后他能够达到她的需求。

她的不安有时候会达到顶峰，以至于她像是抓住一件救生衣一样抓住电话，然而她的意识及时蹦出来，让她能够在听到拨号音之前回心转意。

她在愤怒、失望和轻蔑之间摇摆，但是她的每一种感情都包裹着爱，失望的爱，疯狂的爱，辛辣的爱。

每个夜晚都提醒她，第二天她的宝宝又会长大一天，必须赶快采取行动，不管是有父亲还是没有父亲。

当她在学校里碰到弗兰克的孩子们的时候是令人窒息的痛苦。克制自己，不要对他们讲话，也不要问他们要求解释，也不要在他们面前崩溃。绑架他们的欲望让她筋疲力尽，跟踪他们直到他们家，威胁他们，恐吓他们，杀死他们或者诱惑他们，来让他们在家里提到一位棒极了的女老师。

她本来那么希望他们带着他们父亲的标记，他们走近她来交给她一封信，一句话，不管是什么。一张画了颗心的小纸条，或者一次约会的时间与地点。

他们让她痛苦。他们的笑声，他们在院子里的游戏，他们的新外套，一切让她心如刀割。

他们让她难受。他们每个微不足道的动作都是他们正常无比的生活的证据。他们继续按照家庭购买衣服，全家去公园，作为一个家庭大笑、玩耍、吃饭。弗兰克没有离开，也没有给他们带来危险，没有为了吞没自己的思念而加大工作量直至消失。

伊娃什么都没有留下，没有在她不在了的地方留下巨大的空洞，也没有小的洞眼。什么都没有。世界合拢了，没有她，像是对于他，她从来没有存在过一样。

她幻想跟他们讲话，向他们宣布，他们将要有一个小弟弟或者一个小妹妹。他们不会明白，但是跟所有的孩子一样，他们会把这个在家里讲述、复述。父亲会听到。他一定会听到。

母亲也一样。孩子们不会保持沉默,永远不会。孩子们随随便便地讲话。她希望利用这一点,尽管这不符合职业道德,不好,不美,但伤心宽恕一切。

谁会埋怨她保护自己,为自己战斗?谁能够责备她如此孤单,不得不打孩子们的主意?

她为这些穿过她脑海的念头而感到羞耻,为想要这样做而感到羞耻。但是这种可能性的存在能让她暂时得到满足。

她会这么做。对不起了,她的正直,她的品德;对不起了,她的工作;对不起了,他。她应该拯救她的爱情,如果这让她能够拯救自己的爱情,她不会放弃。

在中风之前,父亲总是说:“如果我们没法说出我们所做的事情,如果我们不能为之感到自豪,那就是说我们不应该这么做。”

伊娃知道,他说的对,如果她采用这种解决办法,她会保守秘密,什么都不会对人说,甚至不会告诉她最好的朋友。

“但伤心宽恕一切”,她在头脑中强调说,把它当做一个示威的标语。“但伤心宽恕一切。”

为她的荒唐行为辩护。坚持到最后。感到耻辱。活该。

她痛得像是死了。身体分解成千万的小泡泡,一个接一个破灭。成千上万的通风口变得狭窄,被人填满。不再有光,不再有空气。封闭在她身上,一切都通过她的伤口渗透进来。一切都毒害她。她只是一个喷涌着痛苦的化脓伤口。

不要感染其他人,不要引起流行病。不要将任何人淹没在她思念的脓水中。

她逐渐感受到周围人们的厌倦。他们不再真的希望跟她交流。

谈话成了死循环,没有出口,没有可能的分支。她花时间讲真心话,然后再也停不下来了。对方变成了回声,反弹。他变成了人们猛烈攻击的承重墙、沙袋。他替代了一切,占据了所有的面孔，弗兰克的，弗兰克的孩子的，弗兰克的妻子的，弗兰克的父母的……

对方不想再扮演这一角色。对方于是建议她“休息一下”，“一个人静一静，会有好处的”，“即使灵魂受苦，不能忽略身体”，“你吃过饭了吗？你必须给自己充电。吃东西，睡觉”。

没有帮助，驱逐她，把她扔到虚空之中的好心建议。

她坐在床边，观察公寓每一个隐蔽的角落，每一个他们曾经做过爱的地方。厨房玻璃上他手指的痕迹、他画上的心形和他们的姓名首字母、冰箱贴、洗手池边他全新的牙刷。用来放他的衬裤、衬衫、袜子的专用抽屉，以防他们的战斗太过激烈，他需要在回家之前换衣服。

他曾经把脸贴在那里，靠着垫子，蜷缩在浅色的羽绒被中，睡着时在淡红色的床单上流了一点口水。

他的气息在每个房间中，到处都是。环境没有清除他、他的味道、他的叹息、他低沉的声音。

弗兰克，整个世界、她的世界中最英俊的男人。弗兰克，他不能现在离开，不要在他们感情正好时丢开手。他们还没有达到无聊的程度，枯燥乏味的对话，还没有尝到欲望消逝的滋味,还没有体验到欲望不再包裹着他们的身体,只留下冰冷和尴尬。他们有千万的事情要经历,所有他们还没来得及做的事情,所有他们应该重做的事情,所有要迎接的惊喜。

他会意识到他的错误,他不会留下她一个人逐渐衰弱,或者离开去找别人,她对他太重要了。他在这里留下了那么多的东西,他是在自己家,人们不会一时冲动离开自己的家,人们一定会回去,来整理、分类要保留的,要扔掉的,整理他们的感情。他不能留下她一个人来干这一切,恢复秩序,抹去回忆。

感叹号自豪而活泼地舞动,让人迫不及待地想要阅读后续。问号永远不会下结论,转向破折号,冒号,打开引号,回答。

还没有画上最终的句号,它是平凡、忧伤、没有味道的。他在远方,他会在其他时间突然冒出来。不是现在,不是这样。

还有十章,第二卷,一个系列。

还有希望,爱,等待。并着脚从一个省略号跳到另一个。

耐心等待,愈发爱他,来让他感受到。

“他必须知道，不是吗？时间在流逝，伊娃，以后会更难。”

“他会想要的，”她回答说，“他肯定想要的。”

“你怎么能相信这一点？伊娃，他甚至不想要你，更别说一个婴儿……”

有时候，她最好的朋友会囫囵吞枣地倒出母亲的陈词滥调。

她努力不要聆听这种来自于母亲的尖锐而激烈的言语，但是从她最好的朋友嘴中，她的盾牌不那么有抵抗力。

“我不想让你难受。”

你却真的让我难受，她想要号叫，你让我难受，你应该闭嘴。弗兰克是我的感情，是我的爱，是我孩子的父亲，弗兰克对我来说就是一切。所以他应该回来，他没有选择，我不会给他留出其他选择。

按照习惯，她愤怒的言语被囚禁在她温柔微笑的背后。

最好的朋友现在在攻击肌肉，然后是骨头。她切掉一条胳膊，一条腿，掏空胸腔，在肺上扎眼。她寻找一种反应，翻来覆去地为了找到它。她不会停止用语言的武器攻击，直到伊娃蜷成一团，抵抗。

伊娃没法回答，直觉是解释不了的，她只能说，她了解他，这就是全部。

她陷入了一片疏松的土地之中，被它吞没。隐藏在淤泥中的刀片准备要将她大卸八块。

伊娃贴在周围的墙板上，把自己缩得很小很小，屏住自己的呼吸。提防那些不再相信的，或者那些相信太多的，道学家、爱说教的人、那些什么都明白的人和那些什么都不明白的人。那些加剧她的孤独、她的思念的人。尽管如此，他们接连成为了弗兰克胜过他们之处的反映。他们证明，她爱上他是有道理的，他是不同的，令人陶醉的。她对他们的感情蒸发了，转化成了她对于自己孩子的父亲的爱。

“伊娃，你从没爱过他。只是这样，你说过，只是这样。”

“只是这样，跟我想要的一样，”她回答说，“只是这样，我自己知道。我理所应当地爱着他,如我所能够的,跟我有关,跟他有关。"

最好的朋友表示赞同。

抚摸猫儿,让它重新发出表示舒适的呼噜声。恢复它的平静,将它带有软垫的小爪子放在手心里,让它收回自己的爪钩。

伊娃直发抖,气得发狂,她分泌一种微微发白不透明的黏稠唾液。最好的朋友只注意到这个,寻思是否这与怀孕有关,是否这是一个正常的症状。伊娃的话语喷涌出来,她不再忍住,像吐痰一样吐出来,像呕吐一样吐出来。每个音节都是一根坚实链条的一个环节,带她找到那个不再给她打电话的人。她说服了自己。他通过她的嘴讲话,她为他发言,她聆听,然后转述。

"他没有选择,"她大声说,"他没有选择,我不会让他选择。"

琳恩发现她被唾沫、愤怒、怨恨淹没了。她希望,疲劳会让她厌倦,明天这种让她焕发生机的不正常狂热会被忘记。

伊娃没有停下,她说,她再也受不了要忍受每个人的不高兴,这一次有道理的人会是她。是她指挥这些乐器,是她演奏小提琴、中提琴和竖琴的合奏。她会是总谱,琴弓,木管乐器,铜管乐器,乐队指挥和她的乐谱架。她会是鼓掌的观众,作曲者,具有惊人胸腔共鸣的女歌手。最终她会是这一切。不再依靠任何人,展示,显露,让人赞叹。

伊娃摆动双手,做出大幅度的动作,敲着小玻璃桌子来强调。不要建议,不要意见,不要指责,她反复地说:“不要建议,你听到了吗?不要建议,我什么都没告诉我妈妈,为了不面对她那种可悲的不安,不是为了被强迫接受你的不安。你以为你的生活是我的梦想吗?跟你那个马利克什么什么的,你们的谩骂,你们的常规。你以为我想要这样吗……”

突然,她的声音变得支离破碎,一团团的呜咽在她喉咙中滚动。“你以为我想要这样,这是我的梦想吗……”

她用双手挡住自己的脸。她的眼泪如此沉重,它们从她的面颊上滚下来,落到她的大腿上,打湿了她的牛仔裤。她含糊不清地说:“是的,是这样,我想要这样,一个温柔的丈夫,一个宝宝,去旅行,知道我早上为什么起来……”

最好的朋友抱住她,亲吻她的头发。“对于这一切,他不是个好人选,你只是弄错了目标。会好的,我的伊娃,会好的。一切都会好的。”她轻轻地发出嘘声,让对方不要做声,“一切都会好的,我的伊娃,一切。”

伊娃在“一切都会好的”时惊跳了起来,有许多毛衣针在摩擦她的子宫,刮擦她的粘膜。

她大叫着:“不要碰我”,对她说从她家里出去,她的建议让人恶心。她说,这不再是一个游戏,她的话是严肃的。她说,她需要一个朋友,而不是一个对她希望拥有的女儿感到焦急而失望的母亲。

她说,回去找你的那个马利克什么什么人吧,回去因为她的健康而争吵。她说,她的孩子,她要把他留下,她会给他起名叫艾洛伊斯或者恩佐,弗兰克会永远跟她在一起,因为他不再有选择,他不再有选择。

最好的朋友拒绝站起来,拒绝离开,拒绝扔下这个状态的她。她搏斗,跟她讲道理。伊娃将她的外套扔在楼道里,对她推推搡搡,挠她。她不停地大声叫骂。她的声音是陌生的,不熟悉的。一种喘不过气的粗暴声音。一种让人窒息的声音。

琳恩坐在楼梯上,被她痛苦的重量压垮。她打电话给她的爱人。他问“好吗”,她回答说不好,他说“我去哪里找你”,她回答“在伊娃家的楼里”。他说,他立刻就到,“只要活着就不严重”。她回答说,这点她也不能肯定,她等着他。

“为什么你要担心到这个程度?不让他有选择,然后呢?”

最好的朋友绷紧自己的下颌,狂热的话就在她嘴边。他什么用都没有,只是他的问题激怒了她,他并不机灵,反应不快。他不明白含蓄的话,他需要完整的句子,表示注释的星号,注意事项。伊娃的狂暴状态并不遥远,像是被传递,注入到她身上。她会跳到他喉咙上,打翻整张桌子。

琳恩抑制自己的冲动,重新开始来解释她的感觉,然后下结论说"我应该是弄错了,伊娃不是这样,她没有任何理由会变成这样。"

他问她是否想要个甜点,她最喜欢的,巧克力覆盆子奶油千层糕,为了消化这一切。她接受了,微笑着,让他拉着自己的手。他如此温柔,如此耐心。他拥有她不具有的一切,他是个多情的人。

琳恩将这一天小心包裹在意识的手帕当中,用一点遗忘缠住它。正如在她吐露自己孩童的忧愁之时,伊娃的母亲始终建议的那样,"要把它放到一边,就像在烤面包之前把面团放到一边饧一饧"。

最好的朋友想到的是这个,告诉伊娃的母亲,来让自己不要感到那么无力。

琳恩并不清楚她害怕什么。在伊娃内心深处,她注意到了一种危险的闪光。

濒临最糟糕的情况。

母亲仍然被禁止前来。她的女儿,怀着孕。她的小女儿在这种本来应该很美好却成为一种折磨的生活状况之中。

她不再听琳恩讲话,她只想着这个隆起的腹部。

对她女儿说什么?告诉他?当她小的时候?向她解释痛苦,还有分娩?

琳恩要确保母亲什么都不会说:“她会杀了我,如果她知道我跟你说了。”

母亲发誓说她将会“守口如瓶,如同坟墓”。

伊娃回忆那个鲜血沿着她的大腿流淌的夜晚、那个她被哥哥拯救的夜晚之前的几个星期。她回忆自己的怀疑，留下他还是不留，然后她要让他在自己体内成长、变成一个巨人的坚定决心。将一个任务交给这个孩子，通过他的出生赢回他的父亲。

她在幻觉中看到，自己对伤害了自己的好朋友号叫，不再给自己的母亲开门。她在所有这些令她难以忍受、极其悲伤的日子之间漫步，没有怀疑到之后还会有更艰难的情况。不再有问题，不再有也许。不再有梦想、可能性、全能的感觉，我赋予生命，我把它收回。

从操纵木偶的人变成了木偶。有人按她的肚子，有人摧毁了她的卵巢，生命在她之中死去，好像是她不配得到别的。

她决定要等到第五个月再向弗兰克宣布这件事。等待不再有反对的办法、手段。某个早晨，在孩子们去上学的时候，她会在他家楼下等他。她会向前腆着庞大的肚子，朝着他的方向。

他会跟他们和他精心打扮的漂亮妻子一起下楼。她喊他，带着一位娇嫩的母亲的优雅，向他的妻子和孩子们做自我介绍，说她不知道他已经结婚了，他让她相信会离婚，但是他应该“承担责任，对吗女士，您作为母亲应该很清楚……”。

他的妻子作为母亲应该很清楚，特别是作为受到欺骗、感到恶心、被背叛的妻子。她会要求弗兰克做出解释，要他滚。他会请求：“不，我亲爱的，原谅我！”这样以示体贴，让她不要太痛苦。她会是沉默而坚定的。于是他来到外面，自由，自由，自由地去爱，去获得幸福，享受这种向他张开双臂的甜蜜生活。

对于孩子们，他们会尽可能做出好的安排，不要让他们失去稳定的心绪。弗兰克开始会有点埋怨伊娃，但他很快就会明白，她这样做是有道理的，否则他永远都不会有勇气。

一切都会变得井井有条。对于伊娃而言。

她爱的人们不再悲伤。如释重负的平静之风。吸满水的海绵,人们用它擦掉被粉笔弄脏的黑板。

他们没法大声呼喊他们的快乐,于是他们同情,抱怨她,尽可能地做到最好。他们咽下自己粗俗的言语,但是伊娃只听到这个。他们不为这些状况感到高兴,却觉得一切停止是件好事,一个孩子不会从爱情的伤痛中诞生是件好事。胎盘会充满责备、孤独。人们说,一切都从母亲这里传递,甚至是她隐藏的一切。他们希望感谢上天,感谢地下,感谢不管是什么,驳倒了她这个荒谬的选择,生下一个不被期待的孩子。

他们不知道,这个肚子再也不能充当安乐窝,他们不知道,她内心对他的思念。他们不知道,从第一天知道他的存在起,她就对他低声哼唱着儿歌。他们没有想到她饱受摧残、伤害的身体，弥漫在她灵魂的每一个角落的痛苦。他们以为，这样她会比在这种被他们认为是糟透了的情况中成为母亲要少点痛苦。那个人，在他已经建好的家庭中暖暖和和的人，他不会回来。

“他们”，是所有知道这段由她母亲讲述并唾骂的感情的人们。

“他们”，是将尖利的牙齿插进她脆弱皮肤中的鲨鱼群。“他们”，是众多要追随的例子，她不屑于倾听的幸福说明书。

从把琳恩推出门去之后，她就没有再见到她。伊娃抱怨她激烈的反应，她毫无弹性的立场。另外，她还告诉了她妈妈一切，而这是一个秘密，在她下定一去不回头的决心之前不应该告诉任何人。

伊娃对她最好的朋友很恼火，但现在她如此想念她。

从这个神灵们决定偷走她身上的这块肉的夜晚以来。琳恩不会开玩笑。琳恩会明白。她不会轻飘飘地说："别再这样"，"永远结束了"，"这是最后一次"。她们会分享泪水。琳恩会捉住伊娃的悲伤，让它成为她自己的。

如果她在那里，如果她没有为了躲避她们的分歧与冲突，跟她完美的丈夫去度假的话。

她最好的朋友几天后就会回来，她会帮助她医治她干瘪小腹的毫无生气。

比对方、比悲伤活得更久。能够重新建造一座更加美好的城市,一座闪闪发光的宫殿。她想到睡美人、灰姑娘、白雪公主,想到她们没有孩子的故事。在结尾一句话带过,但是没关系。让人浮想联翩的时刻,是获得胜利的遭遇与疯狂的爱情。她会有美丽的衣裙,会永远年轻,双颊有孩童的粉色,王子就是一个王子,一位真正的王子,不是假的,不是一个自以为是却残缺不全的王子。

一种确信突然冒出来,照亮混乱的灯塔光线。

如果弗兰克那天晚上在,像一个正常的爱人那样。如果他的手握着她的手,她呻吟,他打开床头灯,像一个正常的爱人那样。如果他明白,情况有点严重,他给消防队员打电话,像一个正常的爱人那样。如果他不安,自信,忠诚而多情,像一个正常的爱人那样。如果宝宝对他像是他对于她一样重要,像是一对正常的伴侣一样。

如果弗兰克刚好在那里,像一个正常的爱人那样。胎儿会在内壁上挂住,蜷缩在羊膜里,努力战斗,存活下来。

弗兰克有责任,弗兰克应该弥补。

琳恩比预计回来的要晚一些,他们的飞机不得不因为技术原因落下，他们在马德里机场附近的一家酒店多待了一晚。

琳恩仍然什么都不知道。她没有给伊娃打电话，坚持给自己充电，从而在回来时后退一点帮助她。跳进清凉的泳池，她洗去了自己这种吓到她的目光。没有理由的目光，没有道德的屏障，没有理智。伊娃在一条没有入口的道路上奔跑，以为掌握了一切，掌握了对方。琳恩害怕她的跌倒。

伊娃只想着他，想到她那么喜欢的那双手。最后一次的画面重新浮现在她脑海中，像是一种痛苦的回音。

如果她知道不会再有其他的机会，如果他对她说了……他是意识到，他不会再见她，这段感情结束了吗？

她感觉到手指贴着她的皮肤，羽毛般的头发贴着她裸露的胸膛，他在她身上移动，吸入她的气息，吞下她。没有一块皮肉上没有他燃烧的欲望的印记。他用喃喃私语、抚摸包裹着他，他的嘴唇印在她身上，为了美妙的明天。

他把她看做是一枚萦绕在心的水果，他喜欢她柔媚的弧线，她屁股与大腿之间的曲线，像是一个微笑、一丝狡黠的曲线。

他不会厌烦她用那种最纯真的方式挂在他背上,好像他是她的救命岩石。

他将这些时刻作为纪念集中在一起,让他得以更加容易地离开她。没有怀旧,也没有诗意的忧愁。这些时刻会铺满他灵魂的内部。每次他觉得有需要就可以回顾,重新品尝他们的欢笑,他们混合在一起的汗水,修改她的颈背,她双臂之间的空间。

跟她度过的每一个小时,像是图书馆里的那些小说,人们沉溺其中是为了更好的忍受自己的现实。

跟他妻子在一起,他并不是不幸福,他不希望其他的事情。这场永久的圆舞是必须的。他不能想象睡觉时没有她,在另外一个身体旁边醒来,跟另外一个人生气。她像是他用自己的双手打造的一座华宅。他应该生活在这个房子里,永远不感到冷,永远都没有恐惧。他的妻子是一个没有陷阱,没有谋杀,没有监狱的国度。他的妻子是他的心。她明白他,知道让他安心,结束他的句子,开始他要说的话。他不需要解释,重新解释,他们具有一个使用同样语言的共同大脑。

他年纪轻轻就遇到了她,她没有改变。同样的穿着方式,始终是非常高的高跟鞋,紧身的上衣。她一个人就代表了时尚、优雅、女性的力量。

这是将他吸引到另一个人身边的原因，穿着老式鞋子的有点惊慌的小老师。她关心自己想要散发的味道，尝试达到自己想要进入的那种形象，但是缺乏勇敢妨碍了她的风度。

他抵挡不了她天然的味道，没有浓重的女性香水，被她没有眼影的双眼和醋栗红的嘴巴俘获。她没有假面具，在床上跟在学校里一样。她简简单单地投身到世界上，没有甜味剂，没有虚假的香料。为此，他亲昵地叫她"公主"。在"公主"中，存在着新鲜、真实、糖和梦想。

已经有很久了，他再也回想不起妻子头发真正的颜色，在她身上，他没有看到一个缺点，一条皱纹，一点不优雅的隐蔽之处。她是完美的，像是杂志里一样光滑。光滑，没有错误。在晚宴时他很自豪，尽管多次怀孕和时光摧残，他的娃娃是最引人注目的。她最爱的习语统治着整个生活，"打扮得无可挑剔"。对她和所有出现在她臂弯中的人都是适用的。孩子们头发梳得整整齐齐，干净，崭新，像是甚至都没有味道的广告中的孩子。他，胡子刮得干干净净，打着领带，最大品牌的最新式外套，配着腰部带褶的长裤。

跟另一个，他的"公主"，衣服很快被脱掉。胡子可以长得很茂密，就像砂纸，没有任何的重要性。做爱之后，她不会立刻起身去淋浴，换床单，在腿上擦乳液。她保持着懒洋洋的状态，在湿透的床上，性感而娇弱。

他很幸福，她并没有抵挡他很久，他第一次欺骗自己的妻子，他本不会有那种将自己的体面放到一边来引诱她的强烈欲望。

他觉得自己有罪，一个小时，或许是两个小时，然后他对自己说，在这个年龄，事业上这么成功，家庭如此稳固，他有权利在他想要的地方，在他想要的时间，跟他渴望的人在一起。

他害怕妻子发现，她如此了解他，但是他加倍努力来让怀疑不要进入他们当中，他很满意自己维持着这段关系，怀着激情，决心，像个男人一样。能够让两个女人幸福，有两个证明他雄风的孩子，他的肩膀变宽了，他可以不用战斗就拥抱世界。

“对不起，我的伊娃，非常对不起。”

琳恩不再有办法作出反应，没法重新开始。她不在那里。那个晚上，她跟马利克一起度过，跟所有其他的夜晚一样，脸贴在他的脖子上。他的手应该离她的臀部不远，跟所有其他的夜晚一样。他们应该整个晚上都在因为无关紧要的事情而对彼此大喊大叫，跟所有其他的夜晚一样。他们应该很快地又重归于好，怒气来得快去得也快，跟所有其他的夜晚一样，他们应该是贴在一起哼哼唧唧，跟所有其他的夜晚一样。

而伊娃。而伊娃。

琳恩没法一直想下去，好像是一盘断了磁带的录音带。

最好的朋友目光盯着地面。地毯不再有颜色，桌子的脚也没有。不再有色彩，不再有颜色。琳恩被围在捉住她的黑色子宫之中。像是一座墓穴的子宫，一座沉默石头的坟墓。

她们曾经许多次讨论她们未来的孩子，后者也将会是最好的朋友，许多次提到她们将会恢复的夏季乡下小屋的传统。一切都在这个时刻死去了。虚空充满，窒息，杀死。

琳恩被她这种没有好好担任的角色、被独自承受伤害的伊娃的痛苦吸引住了，羞于回来给她提供活着的建议，而涉及的却只是死亡。

最好的朋友连声道歉，什么都不够。她没有问任何问题，甚至不再听。

但是伊娃在说，如果弗兰克，如果，并且如果，那么。她说必须快点好起来，要毁了他，要让他跟她一样永远生活在不稳定当中。她说，要在他身上扎许多洞，来让他感受到自己无边的虚空。她重复着，他将再也不会欢笑，她会将自己的心跟他的连接在一起。她说，他应该承担她所有的痛苦，这是最微不足道的事情。琳恩只听到了最后一句话，她明白了，并且赞同。她并没有接收到所有的暴力和所有的仇恨。她说，她当然会帮助她，当然这是她自愿的。她永远不会原谅自己没有在那里，她一定会在她想做的所有事情中支持她。

伊娃在弗兰克上方弯下身子，最后一次，她的最后一次。

将自己的嘴唇贴在他的上面。他将不再离开她,不会在伤害任何人。像是一只母螳螂,她攻击耳朵,用牙齿撕扯皮肉,撕开他的太阳穴,让他的颌骨裸露出来。她舔舐颅骨的内部,切开视神经,像是用吸管一样通过食道向胃部、胰腺、脾脏吸气。刺穿每一个肺泡,系紧他的肠子,他的膀胱,他的肚子。

然后伊娃会休息,她甚至会睡着。她的愤怒将会沉默。

学校校长已经注意到伊娃的神经质有几个星期了。她决定把她叫到办公室来“谈个话”，她安抚地说，“只是谈个话”。伊娃说，她不明白这是为什么，一切都很好，她是比平常要疲惫一些，没什么严重的。女校长有点烦恼，食堂的一位学监将伊娃对于二年级A班的小本杰明的怒火告诉了她。过分的怒火，因为一个摇摇欲坠的杯子，他没有吃掉所有的肉，没有吃完胡萝卜丝，他嬉闹的声音太大了，就像他是一个人一样。在所有人眼中是一个正常的孩子，在伊娃看来是一个坏学生。

校长慢慢地提出自己的看法，她提到了“有可能……如果她理解得没错的话……有人向她报告……一个小事故……不严重但是……”

伊娃同大理石一样没被打动。“您想要谈论这个以为是在自己家里的小男孩，是吗？”

校长小心翼翼地继续：“我要说的是二年级A班的小本杰明……”

伊娃变得紧张：“所以，要报告的人是我。一个孩子做蠢事，我们责备他，不是吗？至少必须对他解释是为什么，对吗？因为让他回到自己应该的位置而获得原谅？”

校长哑口无言，她非常了解伊娃，她是一位慷慨、快乐、关心学生的女教师。为什么她要相信那位一生中从来没见过一个孩子、还是大学生的年轻学监而不是她？

“好吧，伊娃，让我们忘记这一切。我们一起工作有8年了，你是个很棒的人，因此我相信你的观点。我们很清楚，孩子们不都是天使！”

伊娃回到她的班级。每一步都代表着她碾碎、践踏的弗兰克和他的孩子们的头。她知道，她毫无理由地对这个小男孩吼叫，但他有种满意的神情，这让她难以忍受，而且他是那么像他爸爸。

这不能被发现，未来这不能再流露出来。她应该保持正直，表现得正常，直至打败她的猎物。

她担心，他回家会说什么，他描述过她的样子吗，弗兰克认出了她吗？妻子她会说这是不允许的，她要来投诉吗？

对伊娃来说没什么,最重要的是,她承受住,她活下去,如果将脾气发泄在这个小男孩身上让她能够好过一点,这才是重要的事。她再也不想躲在一边,在考虑自己之前考虑其他人。不管是不是孩子们,他们要跟他们的父亲一样负责任,他们身上有他的存在。他们代表了她将永远不会再有的东西。

校长出于好心补充说,如果她愿意,她可以休几天假。

在她腿上流动的鲜血，掉下来的胎儿，覆盖着紫色凝块的手。

虚无的开始，另一种虚无，一种可鄙、不公平的虚无。

一种剪切、撕碎的虚无。在她身上旋转的锋利螺旋桨，从内部搅动她的血肉。

琳恩为她最好的朋友准备了一个小小的惊喜,来让她暂时不再感到孤单。在她父母的家中,集合她所爱的人们。用爱包裹她,治疗她的伤口。母亲觉得这个想法“绝妙”,父亲调动仅有的颧肌形成一个微笑,哥哥认为这会对他的妻子有好处,他的女孩们将会很高兴看到她们的姑姑。

琳恩尝试通知伊娃从前最好的异性朋友和他的未婚妻贝娜蒂特,但是他们没有回复。

她惊讶地发现,伊娃与剩下的世界保持着极少的联系。她想,她与蠢货的关系带来了她的疏远,分解了她的友情,掩盖了可能的相遇。

他提供给她的几个小时像是混凝土一样淹没了她。目光会让人变成盐像的美杜莎。他展开双臂,像是括号。句子没有她也能进行，页面剧烈、不耐烦地被翻动，伊娃并不是要阅读的精髓。

在逐渐扎入她喉咙的金属钩子之间生活。淬火钢的柔韧弧圈，让动作、欲望僵化，过滤时间，让她只属于她。

琳恩从这个男人在学校闲逛的第一秒起，从他越过父亲的栅栏变成情人的时候就痛恨他。她从没有“机会”见到他，伊娃见他的时间本就不多，她不会去夺走属于她的几分钟。最好的朋友参与过之前，之后，以及不断重现的恐惧，怕他来晚了，怕他来得少了，怕他被惹恼了。她担心他的情绪，仔细观察奔跑的表针，屏住呼吸直到他来按门铃。

伊娃等待情人的行动，这只是一个男人的躯干，他的四肢在别处忙着。

她满足于此，她不梦想其他的事情。最初。

琳恩感觉到了变化，伊娃绞着双手，想要变得更漂亮，害怕没有足够取悦他，害怕不能像昨天那样诱惑他。她观察着伊娃消逝在他们的感情中，它几乎不再是他们的感情，只是她自己的。

她扮演所有的角色，重新创造了那个蠢货，给他重新上色，美化他，辨读他的言辞，总是朝着她最为奇特的希望方面解释他的态度。他配不上，配不上她，配不上她梦想的那种爱情，这丝毫不要紧，因为她把他提升到了这种高度，手臂的尽头，心的尽头。

他是渺小的，她却以巨人视之。

他的自私并不是那么明显，他的谎话并没有那么多，他来不了的次数并不是那么频繁。他的缺点让他得以保护自己，他是如此敏感，如此脆弱，如此温情，如此温柔。他是女性化的，却并不以此为耻，完美的男人，如愿以偿的动物。在伊娃看来，他是神奇的，在琳恩看来，这是一个粗俗的人。在心里，她改造了他，来让自己感觉更加美丽。委身于一个神灵，来成为一个女神。

伊娃被他背叛了，但尤其是被她自己背叛了。她下定决心，她爱他，因此她要坚持。为了她，不是为了他。

她在自己脚下展开的羊皮纸文稿，她有义务像是教义一样严格遵守某种哲学。

转瞬即逝的游戏，变成了上吊绳。沉重而紧密的结，纠缠不去地敲击着她灵魂的内壁。

琳恩对伊娃解释过这种状况的风险、危险、荒谬性。伊娃的微笑照亮了她的眼睛，王后对仆人的轻蔑微笑，科学家对笼子里的小鼠的轻蔑微笑。某个人面对着一对生活有条不紊的小夫妻当中的一个胆小怕事的死人时露出的胜利微笑。

她最好的朋友想要掐死她，她长长地叹了口气，说“好吧”。她在长裤上擦掉掌心上的汗，站起来，虚情假意地低声说道：“我的大姐，相信你愿意相信的吧，当你被你的白马王子从‘公主’的高塔上推下来，摔得粉身碎骨的时候，我会在场的。”

她走出去，高昂着头，为自己与伊娃自大的轻蔑相称的巧妙回答感到自豪。

琳恩懊悔这个句子，它像一个魔法般被扔出来，在摇篮上方发出的诅咒。

琳恩寻思着，她是否引发或者预感到了这种情况，她是否造成了这个悲剧，或者只是单纯地担心着。

预言家或者女巫，关切的或者有罪的。拯救或者毁灭的朋友。

伊娃记得这一天，厌恶自己的反应，高傲的神情，好像琳恩是个残疾人。她用怜悯来交换善意。伊娃不明白，她的想法，她的感觉是如何被歪曲的，好像是走到了原本能够保护她、为她避免不幸的一切的对立面。

伊娃坐在沙发上。门又关上了，她没有任何内疚。之后当弗兰克跨过她家门槛的时候她想象了几分钟。只是想到他们的亲吻、他们握着的手、他狂野的动作、在每一分享的时刻他献给她的礼物,必然会为她带来深沉的喜悦,对于琳恩的恐惧的回答。弗兰克用持久的封蜡给他们的时刻打上了印记,真正幸福的保证。

“我不会告诉你爸爸的，这会杀了他，”当女儿对她妈妈讲述他们这段美好爱情的开端时，后者这样威胁说。

母亲跟哥哥不具有同样的语言反应，不是“只要你幸福”。母亲宁可使用“只要我幸福”。而在这里，她一点都不幸福。

她认为这段关系是令人不安的，给它打上了下流、不正常、没意义的标签。她重复着：“你完全可以干点儿别的，而不是浪费时间。”

伊娃没有预计到这么强烈的反感。她还以为母亲作为女人会理解她刚刚勾勒的这幅图画。

母亲像动画里那样将双臂举向天空：“我的女儿，一个情妇，一个次要的人，我的女儿我唯一的女儿，跟一个没种的坏人在一起。”

有时候，母亲越过她既定的框架，从她千年的模子里溢出。她的语义场发生了弯曲。一个词语从不知道什么地方冒出来，这时她意识到，她知道这个词，她的词汇表中有这个词。

专有名词被折叠起来，放在合适的堆里，动词跟动词在一起，一个架子对应句子的每个部分。

在为自己套上一个词语的时候，她发现在袖子的最里面有一只团成团的袜子，挡住了她的手。她猛地一下把它弄出来，袜子蜷成一团，像是一枚炮弹。

在一件丝质的词语外套当中一只“有种”的袜子。

伊娃对她的父亲解释。他的呼吸变得更加沉重，越来越快地眨眼，来让她更靠近他，她几乎把耳朵贴在了他的嘴上，她听到了“我的小姑娘，小小姑娘”。

她没有明白意思，她被他的温柔打动了。伊娃想过，如果他是正常的话，他会想什么。在 6 年后，在断裂之后，在她干瘪的小腹中肺腑被掏空之后，“我的小姑娘，小小姑娘”又出现了。

预防的句子，提醒的句子，叫喊着你别睡着。

“小姑娘”，因为她是个小姑娘，带着一把刀身还很软弱的爱之刀。

贾斯丁没有把他去看他妹妹那个晚上的所有细节都告诉伊莎贝拉。他不告诉她,是为了不要伤害她。他认为,他的妻子要比他更脆弱。

他将这个藏在自己心中,像是他可以放到一边,这个不会占据太多位置。但是,妹妹惊恐的眼睛再也没有离开他,他感觉到,她控制不了的心跳,粘住她鬓角头发的汗水的酸味,浓稠、凝固成块的血的味道,她悲伤的味道。

贾斯丁重新经历这一幕,像是一个不断重现的粗暴噩梦。不再离开的图像,它们纠缠着,让人透不过气来。他不能把自己感受到的这种无力传给任何人,这种对于失去一个亲人、她的某个器官的恐惧。

找到他妹妹的男人,把他带到她身边,这个念头在他头脑中一闪而过，但是他害怕无法自制，对他施加最糟糕的虐待。他承受不了这个想法，有一个人是这种无底的痛苦的始作俑者。他从来没用过赞许的目光看待这段感情，但是他拒绝让自己的妹妹恼火，他于是对她说，自己注意，或者要幸福，就像这样的话。

在他看来，爱一个人，就要跟他一起走在他选择的道路上。如果他有罪，会伤害人，头脑不清楚更是应该这样。每一步都陪伴在他身边，为了帮助他改变道路，稍有惊动就折回到方向正确的道路上。他不懂那些因为事情的趋势让他们不满意就自寻烦恼、自我否认的人们。

在妹妹出生时，贾斯丁就许下诺言，他将永远是一个她能够依靠、依赖、可以瘫倒在他双臂之中的大哥哥。

直至那时，他坚守了承诺，没有一次不守诺言的。始终毕恭毕敬地在那里，甚至是当她还不知道她需要他的时候。伊莎贝拉责备过他，她说："别烦你妹妹了，她不是你的女儿，她是个大人了。"时间流逝，伴随着她的两次怀孕，这种责备越来越多，而他觉得它们是有道理的。他应该更多地陪着他的妻子和女儿们，而不是似乎能很好应付自己生活的妹妹。

6年里他只看到过弗兰克一次，在伊娃家楼下。他觉得他长相丑陋、陈腐，已经有半条腿入土了。他想到他们的私生活，恶心吞没了他。这个家伙毛茸茸的爪子放在他妹妹的肩膀上，对他而言已经非常过分了，而赤裸、他们的欢笑、他们的嬉戏，简直是不可想象的。

这个肮脏的已婚男人对他的妹妹想入非非，不会让任何人感到奇怪，他没有停留在想入非非的状态对他而言简直是下流可鄙的。

贾斯丁更喜欢伊娃的第一个爱人。他叫玛努，他会弹吉他并且具有忧郁的目光。哥哥确信，他会变成一个摇滚明星、歌手、作曲家、鼓手、吉他手，能同时演奏几种乐器的街头卖艺人。他完全弄错了。玛努不再只有忧郁的目光，他整个人都变得阴郁，因为在一家外省银行极为平庸的工作而阴郁。因为一件肩膀太宽、裤腿太短并且磨破了的西服而阴郁。像是一次失败那么阴郁，被牺牲的梦想，变成了灰烬。

伊娃几个月之后离开了他。他太黏人了。玛努在他们家里哭了很久，爸爸安慰过他，还有妈妈，贾斯丁。伊娃已经不在那里了，去寻找一个更加特别的男孩。

在一大把不太糟、从来不像他妹妹那么出奇然而却是专心而体贴的男朋友过后，她只给他们带来了比糟糕还糟糕的人，被生活变得冷酷无情的石柱，打上年龄印记的犀牛皮，因为确信、自私而僵化，最好还是跟他的妻子和孩子们在一起。用锈蚀封住的箱子，应该扔到月亮上或者放在布满地雷的地上炸飞。

贾斯丁试图对伊娃讲话,但是没找到话题。他觉得自己没有力气再重新开始讲话。在他看来,她特别平静,也许是镇静剂的作用,除了在休息日,起床很晚的她会保持着这种乖孩子似的懒洋洋的情绪。

他不会问问题。如果她开始讲述,他会倾听并让对话重新活跃起来,为了让她掏空头脑中毒害她的一切。但他没打算抛砖引玉。

他们在她家里,在她充满色彩的房间内,她展示她的窗帘,她刚刚买的最新杂志。他赞同地说"很棒","很漂亮","是的是的","有意思"。

她不会让他得逞,不会给他讲话、解释、将他们曾经一起分享的各种事情翻来覆去地检查的权利。

伊娃没有逃走,她是遥远的,逐渐消失的。她的脸上没有忧愁,她的神情是完全平静的,像是在下定决心之后,像是在一个经过长时间等待的回答之后。

他想知道,她是否给那个老家伙打过电话,他是否知道,他是否回来努力补偿她。他想让她讲话,展开阐述,说出他所不知道的一切,来让他也能够获得平静。

出院后第一次,伊娃在自己家接待她的哥哥。这是她的悲剧见证人。她曾经害怕见到他,害怕在他身上阅读到他们共同的回忆,害怕在他的目光中重新经历这一时刻。她希望,在回顾、重新面对这一悲剧的时候不是让人不快的。她将无法提到这个夜晚,那会相当于让她又死去一次。

她含混地念着热烈的祈祷词,来让所有民族、整个地球的神灵都听到,为了让贾斯丁永远也别再提到这个故事,让她自己静静地消化。

离开时,他用力拥抱了她,气息不稳地说“伊娃,应该……”他立刻改变了主意,他感觉到他妹妹瘦弱的肩膀一阵战栗,她突然又变得面色苍白。

很晚的时候他回到自己家,伊莎贝拉很担心。他对她说:“抱紧我”。妻子笨拙地拥抱了他。这是第一次他要求她做一件事，第一次不是他用双臂拥抱着她。他把头放在伊莎贝拉的肩膀上，哭了很久。

她示意女孩们，让她们不要吵闹，让她们去卧室里玩。她们拖拉了一会儿，伊莎贝拉瞪大眼睛，没怎么移动，为了不打扰到她的丈夫。小女儿说："怎么了爸爸，他怎么了？"大女儿回答："唔，他难过呗！"像是一件显而易见的事。

伊莎贝拉将贾斯丁的眼泪看做是最美丽的爱的证据。她的丈夫打碎了自己的盔甲，终于向她投降了。

看到他的妹妹，他意识到他的软弱无力。他不能忘记，没有照顾她，再也承受不了这种纠结的状况。他把自己交到妻子的手中，让她替代他来行动，让她指引他，让她完成他不再知道如何去做的，超越他自己的极限。她会是他的脚步，他的呼吸。

伊莎贝拉接住了她丈夫的痛苦，像是赋予生命一样。

伊娃会像一台割草机一样扫平弗兰克的生活。成为覆盖他的裹尸布，闷死他的寿衣。他不会从这种他与他的“公主”一起维持的关系中复原。会有前戏，后戏，或者非常简短的前戏。她会给他的身体灌输悲伤，在他身上撒上恐惧的微粒。他会变成小石子，人们在撒尿时排出的肾结石。

她需要机敏、才智来侵犯她的敌人并且击倒他。伊娃不想要帮助，她必须像一个成年人那样捣碎他，她的父亲应该永远不能再说出一句极端不安的“我的小姑娘，小小姑娘”。

她会按照顺序有条理地进行，回到一切的缘起，击中他的命根子，一根一根地切掉他生命的枝条，让他雄伟的大树变成一盆抱残守缺的盆景。

她知道他工作的重要性，他名声的重要性，他的模范家庭的重要性和他作为有责任感的公民的角色的重要性，她会面带微笑带着愉悦感和激情废掉这个男人，将他连根拔起。

伊娃幻想，来让自己不要那么做，她不可能堕落至此。在弗兰克周围创造一个时代，让他成为中心，日子围绕着他来安排。她早上起来，不舒服，脏兮兮的，但是她硬撑着，去找她的学生们。她的欧芭浴是一个谜团。她仍然寻思着，她如何能够承受一个人待着，一个人在热水里，像是胎儿在母亲的肚子中。之后她没法再这样做。对于身体的厌恶，飞快地淋浴，用蓝色的海绵给自己打香皂，让手指不要跟她的身体接触，让手上不再占满了背叛、凝结着鲜血的小块皮肤。

变得跟从前一样，像她仍然有可能成为母亲的时候一样。关心自己，穿衣服，在嘴唇上抹一点红色，也许甚至还有高跟鞋。

重新变成让男人心软的伊甸园的伊娃，夺取他所有的标记，让他屈服于最糟糕的错误。

入口处，挂着一块巨大的白板，来客们可以像在留言本上一样在上面写字。

每一天，伊娃强迫自己写上一个含有她名字最后两个字母的单词[①]，来给予自己支撑到晚上的勇气。

有价值的，塔希提女人，价值，香草。

出院后第二天，她在家里的墙上刻上了**啼哭的女人**这个词。

这个词里面有着大开的阴道，它存在，啼哭，人们听到了母牛的号叫、哞哞叫。要逃避、痛恨的啼哭的女人，为了那个

---

① 伊娃，法文中为 Eva，这段文字中出现了很多以 va 两个字母开头的单词。

死去的女人而啼哭。她用钥匙在水泥防水面层上打孔，她用力，变得粉碎的墙块，在整个屋子里弥漫的粉末。

伊娃站着，一动不动很久。然后，把钥匙串放在门边柜子的第一个抽屉里，从厨房拿了个凳子，踩在上面，将大白板移过来盖住这一片狼藉。

伊娃现在是一个人在世上了，她可以消失，不再有什么拦着她的。在她柔软的公寓里，角落更加锋利，弧线带上了棱角，桌子的木头具有更多的木刺，扶手椅的柳条变少了。

一切都变得丑陋，坚硬，海绵状。

伊娃记起20年前她跟最好的朋友的一次谈话。她们摊手摊脚地躺在琳恩父母家一张坑坑洼洼的沙发上。她们嚼着美国口香糖，这些能吹出巨大泡泡的口香糖是她们一个朋友出门带回来的。伊娃问琳恩，她的梦想是什么，她回答说“表演马戏”，她们爆发出一阵大笑。琳恩是最拙劣的运动员，不灵活，并且懒散。

“那么你呢？”她回嘴说。伊娃说“我要幸福”。她随随便便地这么说，跟马戏的笑话一样，但是听到它从自己的嘴中说出，她明白了，没什么可笑的，这是真的。她唯一的目标。要幸福，不需更多。没有工作、房屋、丈夫的想法，只是凭借未来给予她的东西来获得幸福。琳恩回答说：“唔，好吧，如果你要这个，那么我要做个妙人儿！”

“什么妙人儿?”伊娃问她。

“就是妙人儿,妙人儿什么!”

她们32岁了,她们没有一个梦想变成现实。琳恩完全不是个妙人儿,她只是仍然很可爱并且适应各种情况。伊娃除了幸福什么都有,她饱受摧残。

琳恩为伊娃准备了一场温柔的团聚,但是在此之前,她建议来一个闺蜜之日。伊娃拒绝了。正常的时候她已经讨厌这样了,现在这种状况下更加讨厌。

琳恩恳求她相信她,说这会对她有好处。她补充说:“跟蠢货在一起6年,都没怎么出来活动,你好歹能接受跟你最好的朋友过这么一天吧。”伊娃明白了暗示,在那些年中,琳恩经常抱怨她不邀请她,没有把她包含在自己的私人范围之内。

她感觉到最好的朋友在咬牙,她确实应该通过同意让她在那段旅程中跟着自己来让她沉默不语。

她们在世界上最漂亮的土耳其浴室相聚,这里镶嵌着马赛克和带有花香的蒸汽。她们去死皮、涂油膏、做按摩。伊娃向琳恩保证会扔掉他灌输在她头脑中一切乱七八糟的。感情,痛苦,烦恼。整整一天,伊娃只说着“哦哦哦,美啊”。最好的朋友没评论她所听到的,她微笑着,将她幸福的时刻铭记在心。

小聚会非常奇怪，像是一场葬礼。琳恩不知道，伊娃的父亲受到了这么大的伤害。几个星期的时间他就老了几百年，瘫倒在他椅子上的空心贝壳。

父亲有一个新的铁器官，它没什么好的，但是有轮子。在他身边，琳恩不再呼吸，好像残疾是病毒性的似的。

她害怕被他传染，害怕他吹来自己的病，在更加稠密的空气中传播。

父亲被变小了，但他发现了这些人和那些人的态度变化。在他周围有一个更大的圈子、空间的圈子。人们从远处向他问好，带着忧伤的微笑。

他的妈妈大声讲话，但是他并没有聋。她的儿子成了家庭的首脑，但是他只是儿子。父亲什么都不再说，他不再有要说的话，他的小铁椅子为他做决定。他听到谈话的碎片，与他有关的。人们不再注意他们的言辞，以为他疲惫不堪的大脑不再吸收词语。

琳恩跟伊莎贝拉说了会儿话，后者压低声音，说到“伊娃的可怕痛苦”。

琳恩讨厌人们谈论她最好的朋友。她觉得自己有权利什么都说，但是她完全不接受从其他人的嘴中听到，甚至是亲人。沉淀在嫂子脸上的这种怜悯神情让她厌烦。琳恩要她回到自己的位置,但是伊莎贝拉并没有移动,她像所有爱伊娃的人一样"担心她"。琳恩被剧烈地刺痛了,大声说:"而我,我担心那些什么都不做,什么都不是,只会生孩子的女人"。

伊莎贝拉崩溃了,贾斯丁赶来,母亲更加大声地讲话,来掩盖混乱的状况。

伊娃觉得她自己最好的朋友真了不起,完全不公平而且恶毒,但是真了不起。在应该防守之前发动攻击的最好朋友,一只保护自己小狮子的母狮子。伊娃很自豪自己是她的小狮子之一。伊莎贝拉完全可以哭一会儿,终于她的生活有了点波澜。贾斯丁对琳恩表明了态度,对她说,现在不是吵架的时候,另外她这么说是毫无理由的,没有根据的。

被推上了战斗道路的琳恩反驳说:"对你来说永远都不是时候,哈巴狗。"

哥哥一直认识伊娃最好的朋友,她像是自己的另一个妹妹。他们闹翻过好几次,总是由于琳恩的突然爆发。贾斯丁不明白她发作的理由,但是几乎都忽略不提,没有针锋相对,也不掺和,但是当涉及到伊莎时,他长出獠牙,撕扯四肢。

"哈巴狗"这个词撞到了他的中心,他的重心,达到了他所能接受的一切的极限。贾斯丁开始唾沫四溅地尖声说话,胳膊搂住他的妻子,摔门出去了。

伊娃兴高采烈,现在发生了责任不在她的事情。因此,人们不用再向她重复对她的爱情、宝宝的哀悼,对一切的哀悼。

人们只专注在家中刚刚发生的戏剧性危机上。

瞬间场景在她的记忆中重现,没有对比,过度曝光的瞬间场景。一个缠绕她的未来,在她身边拥抱未来的弗兰克的瞬间场景。

他对她说:"那么为什么不呢?"

她记得这句"那么为什么不呢",开放的假设,为什么不呢,如果我们猛冲。他把头放在她的肚子上,面朝着天花板梦想:"我们的儿子会很帅,一个真正的小男子汉!"

她什么都没回答。保持着悬而未决。她原本可以采取一种随便的态度,装作不快,或者全身心地投入到讨论当中,也许是一个女儿,我们会叫她,我们会去哪里,她会做这个,我们带她去哪里。伊娃只是玩着弗兰克浓密的头发,用指肚滑过他的鼻梁。她从没想过这个可能性,太过复杂的关系,不可能有所建设。她想要成为母亲，但不是跟这个父亲一起。会是另外一个只关注她的男人，更年轻，更好玩，有更宽广的臂膀，让她能够完全沉溺其中。

但是，对于这个“那么为什么不呢”，她没有回答“别说了，胡扯”或者是讽刺的“当然了”。这个句子进入她心中，就这样，简简单单的，她并没有留意。

弗兰克的“那么为什么不呢”变成了她的意思，一句在一切之后发生变化的“那么为什么不呢”，变成了如果，变成了那会是，变成了我想。

弗兰克站起来，穿上他厚重的外套。他弯下身子，伊娃最后一次诱惑他，双臂圈住他，他倒在她身上，笑着。

“我的爱，我应该走了。”

被截断的呼吸。被打断的呼吸。没有恢复的呼吸。

“我的爱”，他说了“我的爱”。

她的心不再一样，它抖动，扑通作响，上下跳动。

她有种奇怪的表情，他说：“唔，怎么了？”她回答：“啊，没什么。”他非常小心地用牙齿咬着伊娃的下唇，亲吻她的舌头。

第一次，她没有陪他到门边。没有移动一毫米，来让这些词语保持同样的味道，来让它们不要改变声音。

她感觉到自己如此美丽。

令人难以置信的美丽
美丽而崇高
崇高至坠落
坠入情网
爱到不会再离开她
离开另一个
属于过去的另一个
遥远的过去
远离他们,深爱的
热情的爱人们
热情而幸福
宣告一个新生儿到来的幸福父母。
新生儿然后是下一个
下一个,等等
等等,等等

伊娃寄出结婚通知书,穿上婚纱,给孩子喂奶,把他裹在襁褓里。当她诱惑他,用胳膊圈住他的时候,他不再倒在她身上,宝宝在他们当中。他不再穿上厚重的外套,因为他不再需要离开。他总是小心地咬她的下唇,只用"我的爱"来称呼她。

她准备在几天后离开他。伊娃意识到，在一条死胡同中过了4年，它变成了一条太长的死胡同。是该走另外一条道路的时候了，跟另外一个男人。刚好有一个人出现在她生活中，一个她挺喜欢的人。她觉得自己终于做好准备去爱，去建造某种牢靠的东西。她还没有爱到发疯，但是她逐渐在远离弗兰克。她不再思念他。她很高兴见到他，但是想到之后等着她的晚餐更让她高兴。

弗兰克突然重新发牌，改变了规则。刹那间，他把她自己都不知情的对他的期待给了她。

几秒钟之内，出现的另一个人被放到了邀请来参加婚礼的朋友的状态。几秒钟之内，她献身于一个迄今为止她从没相信过的男人。

在人行道上，弗兰克已经什么都记不得了。他想要找到自己不知道停在什么地方的汽车，想到要为明天编写的一份文件，想到今晚的聚会上他妻子会如何穿着。

他的言语并没伴着什么念头。他这么说是为了取悦她，为了表现得讨人喜欢，为了打动她。

近来他感觉到，她显得不那么多情，没那么多需求。他不知道理由，她什么都没对他解释，但是他知道有件事情是不变的，如果她离开他，他会承受不了。因此，她会是属于他的，直到他放手。

伊娃仍然去赴了晚餐的约会，但是她更加疏远，拒绝他送她回家，但是从前几次都是他送她回家的。他又吃惊，又难过。这个晚上，他准备向她表白，他感觉到自己有勇气。承认他的感情，他炽热的爱意，他想要跟她开始一段永远不结束的感情。

伊娃从开始就很冷淡。她微笑着，但她的微笑不具有同样的热度，不再怀有对他的热情，是更加遥远的，在别处。她像是充满了一种据他于千里之外的不可触摸之物。

伊娃什么都没有意识到，没意识到她引起的失望，也没意识到乔纳森的悲伤。她沉浸在弗兰克当中，沉浸在他们的第一个"我们"当中，沉浸在他们坚实的第一步当中。她被他充满，她皮肤的毛孔散发着他的男人味。她是如此的容光焕发，灼痛了乔纳森的心，让他融化，摧毁了他的希望。

他爱着伊娃，伊娃爱着另一个男人。乔纳森会耐心等待，咬紧牙关，承受打击。

尤其不要失去她，这是唯一重要的。

伊娃又想到这一天，她的灵魂枯萎，像是黏糊糊渗水的水果皮。

她什么都没有想象。他很明确,她没有编造。

她靠近了结尾,一只脚踏入虚空,在另外一首歌、另外一段旋律的起始,他哼唱着他们的旋律,加入了一个合唱团,一支管弦乐队。他不只是低声哼唱,弗兰克写了歌词,把它们带来,给它们裹上糖衣,让它们显得崇高。她只是一个在猫儿的爪间叮当作响的铃铛玩具。

伊娃被愤怒、失望淹没,这个她出于狂热的爱情、出于信任而委身的男人怎么能够显得如此渺小,如此平庸?

"他是个蠢货,"她最好的朋友打断她,"一个可怜的蠢货",她会咬牙切齿地说出每个字母,为了表明用来驱逐这个男人的炮弹的重量。

他在伊娃美丽的脸上刻上皱纹,将丑陋涂在上面,像是一种硬化的浓稠油膏。他在她身上放上沉重的沙砾,经久不变的水泥。卸去自己的重担,倒空他的衰退,然后离开。

他占有了她的欢笑,她的梦想,这个相信、爱、生活的女人的神奇生气。他保存着这些,躲开世界。

他从伊娃那里偷来的让他能够感觉自己多了一点生气。

母亲只是谈论“令人难以忍受”，“毫无顾忌”，“不能容许”的琳恩。

第二天早上，她打电话给伊莎贝拉，为了安抚她并且以琳恩的名义道歉，让她别听琳恩的，因为她是个“难以相处的”人。伊莎贝拉觉得她的婆婆站在她一边是很体贴的，尽管这与形势丝毫无补。她再也不会踏入这间房子，只要那个凶恶可怕的琳恩还在。母亲非常为难。除去跟马利克·阿卜杜勒度假的时候，琳恩总是在那里，她是家庭成员，这不会改变。

母亲回答说：“我明白，我明白，事情会解决的。”伊莎贝拉开始哭。哥哥于是掺和进来，为他甚至都不知道是什么的事情责备他的母亲。母亲于是赶忙给琳恩打电话，让她请求原谅。琳恩回答,她不在乎,但是好吧,如果这可以避免戏剧性的场面的话,母亲回嘴说,因为她的错误,我们已经全然置身其中了。

琳恩说:“娜娜,罪恶感,不是我的特长。”

琳恩管伊娃的母亲叫娜娜,没有人知道为什么。她的名字叫伊莲,没有字母A,只有一个N。琳恩很小的时候就发明了这个昵称,再也没有丢掉过。

母亲颇为恼火:“琳恩,不要把你自己变成受害者,你有错。你道歉,就这样!”

马利克·阿卜杜勒从后面经过,问:“谁打来的电话?”琳恩回答说:“是娜娜,她想要跟你讲话。”

“啊,”马利克回答说,他拿过了听筒。

伊娃的母亲吃了一惊,她拿出自己热情的嗓音,询问近况,匆匆抛出一句“真高兴跟你聊天,来,亲一个,再见。”她挂上电话,感到非常无力。

琳恩放声大笑,打电话告诉她最好的朋友。伊娃听着,面带交织着悲伤的微笑。她教训琳恩,伊莎应该很难过,这一点都不好玩,母狮子保护她的小狮子,但是不要嘲笑她吞下的猎物。

她要求琳恩立刻打电话给她的嫂子和她的妈妈,“温柔一点,不难的”,并且立刻来看她,她要告诉她一些事情。

最好的朋友低声抱怨，但是伊娃知道，她会这么做，因为琳恩真的了不起，令人难以置信地了不起，一个金线织成的朋友。

伊娃没有讲述自己无力的子宫，沉默不语的卵巢，不再喊叫的输卵管。

医生们跟她解释，她本来甚至都不会成功怀孕的，这是一个“奇迹”。

伊娃咽下了“奇迹”，像是砒霜一样。人们将这个词语贴在她不会再度隆起的肚子上，她的双腿再也不会为了让一个小婴儿毛茸茸的小脑袋露出而分开。

医生们想要表现得友善，但是没有方法。他们的思绪已经跑到了窒息的小老太太旁边，刚刚从最后一层楼跳下的男人旁边，一个女孩变得严重的咽喉炎旁边。他们没法照顾已经完成的。他们观察着，说再见。伊娃的喉咙被徒劳的号叫划伤。

与一个过去时动词联系在一起的“奇迹”，我们不曾知道是一个奇迹的“奇迹”。

遗传的，基因的，某种疾病。伊娃没有了倾听的能力。她想要弗兰克立刻在她身边，向她保证一个比永远腹内空空更加有意思的未来。

医生打断了她的胡思乱想，“好吗？”

伊娃大声祈祷，弗兰克回来，救救她。

医生说：“什么？女士？”她没有回答，她逃避在自己的思绪中。

6年来，他们如此亲近，如此亲近，不需要表达自己的思想就能理解对方。他会接受她的悲痛，带来爱人的小箱子，里面有治疗她所必需的所有注射器、绷带、听诊器。

医生陪她回到房间，向她保证傍晚时会再来看她。

她的下腹疼痛。一切都不在应在的位置。失去的婴儿带走了一切。

粘膜撕掉，她的血肉暴露在外。

她坚信会是一个小女孩，她想要叫她艾丽。

艾丽，赤褐色头发，丝般光亮。艾丽，小小的粉色蝴蝶发夹。艾丽，不比她妈妈手掌宽的小胖脚。艾丽，深绿色的眼睛。她已经想到了她的卧室，床上方的床铃，她拥有的第一个毛绒玩具。她想要为宝宝和弗兰克准备一切，在她看来这很简单，没有不自在，没有什么要解决的。

只要再多一点，他就会知道，她会在某天早晨在他工作的地方附近等他，穿着他那么喜欢的米色小外套。她会微笑，带着一个已经成为母亲的女人的平静告诉他一切。

只要再多一点，几个小时，几天，家庭就能成形。

宝宝流到了她的体外，他拒绝停留在这段奇怪的感情中，男人有两个家，女人却独自一人。他应该是感觉到，这种情况太复杂了，不正常。宝宝更喜欢一个柔软的安乐窝，而伊娃的肚子似乎不够柔软。

也不够让一个男人为她改变生活，给未来一个机会。

伊娃的身上不再有弗兰克的东西，除了他的礼物，几件属于他的衣服，三张他们大笑着的照片。6 年的相爱之后，再没有其他的。适合放在地下室深处的一个盒子里的细枝末节。

伊娃没有哭够，不够让痛苦从她的身体中排出。她不停地回想在她大腿之间流淌的热血，她希望永远不要有什么东西从她身体中流出，甚至是她的眼泪也不要。

止住一切，好像她原本为了留住孩子应该做的那样。

伊娃考虑，如果弗兰克来电话，她要做什么。她也许会感到安心，也会觉得满足，然后必须做出选择，她不知道哪个对她才是最好的。在他身边医治自己，或者远离那个伤害她的人一个人疗伤。

伊娃希望他回来的时候已经太晚了。不再需要做出选择。已经那么久远，在另外一个人的怀抱中，他将只是一个糟糕的回忆，在她纯净的新生活中的一道脏痕。

每一天，她抱着狂热等待着弗兰克，每次电话铃响都让她惊跳起来。她看到他穿着各种衣服，有着金色、褐色、红棕色的头发。是他，他跟着她，走在她前面，走到她前面。

她将每一个味道跟他联系在一起，当他们一起吃一个番茄、焦糖糖果、一个可丽饼。意大利面，是他，寿司也是，还有味道绝妙的新鲜番茄披萨。

弗兰克是世界上所有的棉花糖、巧克力、蛋糕。他是甜味、咸味、咖啡的味道。弗兰克到处躲藏，他的印记浸透了米粒、面包心、充满水分的水果。

每一首响亮地回荡在商店里的歌曲都有一个故事。这首歌见证了他们俩的初吻，那一首是他们第一次争吵的背景音乐，或者更确切地说是他们的第三次争吵。不，这是他在送给她戒指之前嘴里哼唱的歌词。

是的，他送过她一个戒指。一只白金戒指，像是一个结婚戒指。

是在他消失几星期之前。

伊娃总是痛恨自己短粗的手指和粗粗的手腕。他的礼物带给她感动，还有烦恼。戒指紧紧地包住她的无名指，紧到它变成青色，发麻，敏感，好像神经接触到了冷空气一样。某次接吻的时候，她跑到了卫生间里。他说："怎么了？"背靠着门，她禁止他进来。不能让他看见自己透不过气来的丑陋双手。伊娃什么都试了，护发素、香皂、日霜、晚霜。她的手指造成肌腱剧烈疼痛，一直牵连到她的手肘。弗兰克不耐烦了，他抱怨说："伊娃，你干什么呢？伊娃，我能开门吗？"

伊娃惊慌失措，她坐在马桶上，想象唯一的解决办法会是切断戒指来拯救她的手指。除非已经太晚了,截肢成为坏疽发生之前的唯一办法。弗兰克最终还是进来了,没有征得他的公主的同意。门没有锁,一般来说,他对关着的门表示尊重。他受不了早上当他正在淋浴,刮胡子,或者面对着抽水马桶撒尿时,他的妻子闯进卫生间。

伊娃哭得像个小女孩,脸颊和鼻子都红了,双手藏在背后。“让我看看,有什么?你不喜欢它?我去换一个?”伊娃的呼吸被抽泣打断。他笑着对她说,太不可思议了,鼻涕横流到这个程度,她依然很迷人。透过泪雨,她微笑了。他双手握着她的手,忍住不被吓一跳。他将黑色的手指含在嘴里,直到碰到滚烫的戒指。他的舌头用唾液包裹着它,超级优雅地将无名指吐出嘴外。胜利者弗兰克,他的牙齿咬着戒指,“所以我的公主,是它……”伊娃打断了他,“大声点!”紧紧地靠在他身上。

琳恩只是说:“唔,它太小了?又是一个他想要送给妻子而她却不喜欢的礼物?”

伊娃再次想到最好的朋友的想法,肩膀,胸部,心中有着尖锐的疼痛。琳恩没有错。

戒指没有任何价值。他将它套在她的手指上,像是有人送一条难看的围巾给她妈妈。她看过弗兰克的孩子们骨肉调匀的小手。那不是继承自他们的父亲,他的妻子必然有一双优雅的手,晶莹剔透,舞动着的修长手指。

她没法再戴上那枚婚戒,她把它当做坠子挂在自己的项链上。弗兰克没有去改戒圈来让伊娃能够用它来装饰自己的手指。他只是说,挂在脖子上是个"怪有趣的"主意。

随着身体的每一个动作,冰凉的戒指碰撞着她的某个乳房。伊娃在两个乳房之间戴着一个流产的承诺的凭证。

不能拿掉它,像是一个充满敌意的提醒,让她的愤怒更加激烈。很快,她的每一根指骨都会装饰上黄金和钻石,她的手腕,她的脚踝都一样,像是弗兰克欠她的爱情抵押。

伊娃懊悔沉溺于弗兰克之中的6年,懊悔他为她带来的快乐、她的欢笑。她后悔让他进入自己的心中,进入自己的身体,而且她喜欢这样。她带着恶心听到自己快活的声音,为了让她满意、鼓励她的女人喘息。

她懊悔自己在那么短的时间里变成了一个不完整的人,为了给他留出位置,为了不让任何人不安,特别是不要打扰到在她之前跟他精心打扮的漂亮妻子一起建立的东西。

她不再记得为什么爱过他,为什么她希望得到更多,而更好的本来应该是他来得更少,然后不再来,像他所做的那样消失,但是要消失得更早,来让她不要陷进去,不要让他成为她日常生活的一部分,在她正常的一天中占据几个美好的小时。让他不要蚕食掉她的朋友、她的爱好、她的梦想。让他保持着做一个不道德的小男人，只能在另外一个女人的身体中获得快乐。

伊娃想要向他的妻子自首，告诉她她的丈夫在她完成杂志设计期间所做的事情，对她解释他的话语，他的承诺。向她暴露最细小的细节，就像这样。

来让她痛苦，让她受罪，让她责备他，让他从此永无宁日。利用他最亲近的人来散播混乱。让他最放心、阻止他失去平衡的人成为他的敌人。毁灭他的力量，像是大力拉和参孙的头发。用剑刺穿他，割开阿喀琉斯的脚踝①，将他的幸福切成仇恨的碎片，让他的生活成为幸福过去的残片。

伊娃想象一个因为怨恨而脸变形的女人，她永远都不会原谅他，但不会离开他，为了让他每一天都要面对她灵魂的反射，让他见证混乱的局面，自己孩子们的恶心。

像是在一场诉讼中，伊娃想要被认为是受害者，让粗暴而不可撤销的判决突然落下。

有罪的弗兰克。被终身监禁。

被淹没在他爱的所有人轻蔑而失望的目光中的弗兰克。

---

① 在阿喀琉斯出生后，母亲捏着他的脚踝将他浸泡在冥河中，使他全身刀枪不入，唯有脚踝没有浸到冥河，谚语“阿喀琉斯之踵”指人的致命弱点。

伊娃不会是恶意的。不会做报复的情妇。她想要保护她的自尊，让她的尊严完整无损。

这里面是一个可憎的丈夫，一个受到欺骗的妻子和一个高贵的情妇。

必须找到低调的计策来让她知道。她想象在孩子们的书包里放进一些能透露迹象的东西。不，那会显得太像一个陷阱。打电话给妻子，装作是弗兰克的女秘书，装作因为弗兰克在一次重要约会中迟到而焦急的样子。妻子会回答说："不，他没在，您试过打他的手机吗？"伊娃秘书会天真地打开怀疑的大门："哦，是的，当然了，我碰到您好几次了。"

妻子不太明白，她会要求再说一遍，再次提问："碰到我？"

"是的，您是他的妻子，不是吗，您的名字是伊娃？"

妻子再不能咽下唾沫，她保持着自己的姿势，自己漂亮的外表，来让刚刚在她身上诞生的血色怪兽沉默。她会礼貌地要求："一旦您跟我丈夫联系上了，请告诉我。"狡诈的伊娃秘书会说："在那之前，他会跟您联系的。为了早点下班去给您买玫瑰花，柏奈蒂先生从来不接受在下午四点半之后的任何约会。弗兰克先生真是多情，一束玫瑰花！我多想也要一束，一年一次都行！"伴着傻瓜的咯咯笑，伊娃秘书会变得天真幼稚、多嘴、亲切、甜得让人得糖尿病。妻子会尝试通过"是的，但是我应该挂电话了"来打断她。

伊娃会听到播种在深处的恐惧的种子,准备展开它的触手,扼死新的对手,撒谎者弗兰克。

让疑问的小点增加,变成巨大的点,然后只是敲击,拍打,痛击。伊娃的小手段像是拳头击打。弗兰克将会鼻青脸肿。

晚上,弗兰克跟往常一样回到家,对他的妻子说:"你已经回来了? 太好了!"想要亲吻她。她拒绝。

"好什么,弗兰克,你快点告诉我发生了什么,否则我要砸掉一切。"弗兰克靠近她,像是一条鳗鱼:"我亲爱的,但是没什么呀,你在说什么?"假嗓子。

他想要双手握住她的身子,她大声喊叫:"你秘书打过电话,你没在办公室,你买的花我从来没见过,你的妻子名叫伊娃,你很深情,我要杀了你!"

他贴着墙躲避。一言不发。尽管已经结束好几个星期了,尽管他什么都不明白,不管他的辩护理由是什么,都不合适。发出呻吟声的挨打的孩子,他的妻子想要一个说话的男人,她面对的是一个害怕的小男孩。他还什么都没有解释,但是他的反应向她证明了她所害怕的东西。生活不再一样,她要阉了他。

伊娃因为想到他而疲惫,好的,坏的,反面,正面。她的思绪被引向他,为了重新征服他或者为了摧毁他。食物不再有任何味道。失去味觉的上颚。她的五感被献给他。她希望有一天,她醒来,他不再流转在她心中,她甚至会怀疑他的名字是什么。

电话中,他会说:“伊娃是我。”她会回答:“谁?”再也认不出他,这是她所渴望的。

部分失忆,淹没在她生命深处的6年,覆盖着另一个现在,将这些年封闭在黑暗中,让光线再次喷涌,让另外一个人替代弗兰克,让另外一种香气给她带来沉醉,赋予她光环。

缩小成几个逐渐消失的点的6年。

蜷缩成一年,一个月,几个小时,虚无的6年。

伊娃不会让琳恩知道，为了能够对她讲述这通电话所导致的种种事件。一定会发生一些事。妻子会找啊找，然后找到伊娃，弗兰克也想要她的回答，他们封闭的世界向伊娃敞开。于是她会拿出尽可能最惊讶、最无辜的表情，以至于没有人能够怀疑到她狡猾的算计。

嗯？什么？谁？什么？不？什么事情？难以置信！

她模拟对话，改换角色，演绎妻子、弗兰克的话语，训练自己平稳而准确地发声，让声音像是蜂蜜一样温柔而可爱。

她会让他们来找她，像是一位高塔上的公主，不知道下面城堡脚下人群中发生了什么。他们会爬上来，爬到她这里，一个接一个挂在覆盖着石头的红棕色葡萄藤上，扯烂他们的衣服，擦伤他们的腿。伊娃会优雅地弯下腰，像是在默片中一样用嘴唇发出一个“哦”，伸出她优雅的手，帮助他们抓住木质窗子。

伊娃梦想这个时刻，那时她的孤独将不再存在。在冲突的中心，远离她长时间所处的那种边缘状态。她的名字具有了色彩，她将不再被隐藏，她终于会扮演主要角色，人们对她讲话，人们要她回答。

她准备表现得很有魅力，让妻子电光火石间就会明白自己的丈夫为什么爱上她，没什么要解释的，像是一个明证，人们不可能抵挡这种魅力。

伊娃会引发爱意，打碎粉色、黑色、灰色的大理石，将妻子的嫉妒与愤怒变成欣赏。

她不会再次接受弗兰克，不会将他的身体再度与她的混合。她只是从阴影中走出来。占据本应该从一开始就给她的位置。伊娃渗入他们当中，在家庭的每一个成员身上，就像她在这段时间在自己心中承受的那样。

她想，自己能否再次做爱，重新让一个男人的生殖器摩擦她柔软的子宫。

而且谁会渴望她？年轻人想要一个让他们成为父亲的女

人。上年纪的人想要一个知道如何做母亲的女人。

谁会接受一个毫无用处,不会创造,做不到最平常的事情的不完整女人?

她又想到乔纳森。她有将近两年没有给他回电话了。她把他扔在公路的边上，为了只献身于弗兰克。现在，她再也不能走回头路，在同一个地方找到双臂仍然为她张开的乔纳森。他应该痛苦过、失望过、讨厌她，爱上了另外一个人。也许他的未婚妻已经怀孕了，他已经买了一所房子。也许他甚至说过，他以为自己是爱上了伊娃，但是他错了。这才是真正的爱，他跟另外一个人的这种爱情，那个会给他生孩子的新人。

他们的晚餐敲击她记忆的大门，向她问好，嘲讽的，带着一个变形的微笑。

她本应该，总是这个最糟糕的句子，萦绕心头不去的句子。她本应该做出其他的选择，对弗兰克说不，不要聆听他暧昧不清的气息。她应该拒绝这条死胡同，不要相信尽头的墙会倒下。

“她本应该”像是与主旋律相反人们永远不会忘记的副歌的歌词。“她本应该”，生活本应该更美好。充满太晚了、可惜的味道。

每个周五晚上，痛苦摧残着她的喉咙。

从前，属于他们的唯一上午，是星期六。弗兰克的妻子上班并且带孩子去参加他们的活动，来让弗兰克能休息一会儿。

啊是的，他休息得很好。他大概九点钟来到，穿着随便什么衣服，几乎是睡衣，他会在伊娃身边小憩片刻。大约十点半，他们吃一顿早餐，紧紧靠着对方，在床上或者在客厅的沙发上。之后，他们经常做爱。中午时，他离开去扮演爸爸和他妻子的妈妈。

当她到家的时候，他还穿着晚上的衣服，好像没从家里离开过似的。她说："这是我的丈夫，属于我的，这个。我有时间写完我的文章，给下周末的设计打草稿，他，他睡得像一个大宝宝。"她转向乱嚷嚷着"我画画来着！我柔道！我体操！我骑马!”的孩子们。一千种小资产阶级的快乐娱乐,而父亲被看做是家中的懒人,疲劳的人。

他们不会怀疑到他做了比他们三个加起来更多的事情,在这几个小时中,他让一个女人幸福。

假期的周六是阴沉的,在清晨温暖的睡意中,两个星期没有弗兰克紧靠着她。两个星期不能分享他们涂了咸黄油和果酱的面包片。两个星期没有经过熏制的茶和新鲜的橙汁。

她自己一个人坐在电视机前,她看到弗兰克最细微的动作,他正在做的、说的,他对于妻子的照顾,对于孩子的照顾。每一幅图像都是一阵改变她呼吸的刺痛。

她有多么爱他,就有多么埋怨他。他,总是被她和他的家庭所包围,从来不害怕自己一无是处,什么用都没有。他从一个国度航行到另一个国度,不关心被他抛弃在身后的。享受其珍宝的海盗弗兰克,偷走一个女人的幸福来维持另一个人的幸福。时光的劫掠者弗兰克。

最早并没有这些星期六的早晨,开始他害怕他的妻子突然回来。而伊娃每隔一周要上班。他们尝试过,觉得这是如此甜美,因此第二年,她做出安排,周末不再工作,他们的上午逐渐变成了一个不变的规矩。

相对于所有这些印在她身上、嵌进她体内的时刻，分离如此痛苦，以至于她无法忘记或者替代。有一个她凝望却无法填满的空洞。她尝试不要跌倒，不要掉到里面，但是吸引力太强了。投身进去，她重新经历了这种惊慌的热情，并且总是做出这样的结论："他也应该很怀念，不可能不是这样，他应该非常怀念。"

她的星期六只是怀旧，她在回忆之间漫步，像是一场世界尽头的旅行。她的心情高涨，带着闪闪发光的希望，在她看来刹那间一切都是可实现的，"如果我给他打电话，如果我对他说我爱他，如果我接受他的妻子，并且不要求任何改变。重现变得以前一样，不要求更多，不要求更多。"

于是她站起来，兴奋的，开始大声讲话，想要跳舞。那种朝着各个方向摇头的重摇滚。她在客厅的大镜子前坐下，脸紧靠着镜子里的影像，像是面对着一张情人的脸。她先涂睫毛膏，勾勒出小鹿般无辜的双眼。嘴唇装饰着珠光，染红的双颊，染色的眼皮。她绑起了几绺头发，让她浓密的长发保持自由。在自己高昂的希望指引下，她重新振作起来，扭动腰部，用双手抚摸过自己的全身，然后她的心情低落了下来。一具被从五层楼扔下的沉重尸体的沉闷响声。心沉了下去，再也弹不起来。被埋葬的心。

手放在女孩的肚子上，而她却希望它是妇人的肚子。触摸她枯萎未来的手指。不再让人快乐，充满破坏性的响亮音乐。倒在地上的伊娃。糊掉的妆容。

太阳不再升起，大地停止转动，星期六不再存在，星期天或者星期一也不再存在。

她的眼泪渗入了地毯，侵入她的客厅，充满了她的屋子。

在诺亚方舟中，动物们不动了。长颈鹿、大象、斑马。它们的尸体漂浮在水上，被盐侵蚀，摇摇晃晃，互相碰撞。

人们不避开洪水。伊娃淹死了。

琳恩责备自己没有 24 小时跟伊娃在一起。她本来会愿意像母亲一样照顾她，把她包裹起来，喂养她，但是伊娃很难接近。她显得很坚强、健壮，于是琳恩拒绝把她逼到抽泣。她最好的朋友徒劳无益地给她推荐了一千种东西，伊娃总是有更好的事情可做，她觉得负担太重了。琳恩很明白她的新生活，扁平而线性的生活，一个人醒来和睡着，工作不再让她满足。

她感觉到伊娃对她的恼火。她们见面的时候马利克从来不来，但是这种并不遥远的爱像是一张滤网，将痛苦的伊娃挡在远处。

琳恩只害怕一件事，怀孕，然后不得不向伊娃宣布这件事。这是他们作为夫妻的计划，他们的梦想。她感觉到自己准备好成为母亲了，已经做好足够的准备，不再害怕会像自己的母亲。每次例假会同时带来失望和宽慰。还不是披露的月份，还不是给予她最好的朋友最终猛烈打击的月份。她作为女人的明天会让伊娃的空虚更加明显。她们将不再能够分享快乐，一个人的快乐让另一个痛苦。伊娃当然会是一个出色的朋友，她会恭喜她，重复着："我为你高兴，我真是高兴！"，而"为你"表达了一切，泄露了"太讨厌了，这不公平，这让我痛苦"。"为你"像是"再也不会为我"。

琳恩想要，不想要。马利克·阿卜杜勒闭上眼睛。相信他的雄性力量，首先相信他们的欲望。尽管琳恩的想法，尽管不再微笑的伊娃，相信他们。

马利克失去家庭已经很久了，他被一个阿姨在法国抚养长大。她的名字是玛利亚，严肃但悦耳的名字。当他表现得对自己的父母太过好奇的时候，玛利亚装作用一根看不见的线缝住了嘴巴。她几乎没有把他抱在怀里过。瘦骨嶙峋的身体有太多的棱角。她身上的一切都是尖锐的。只有喉咙下方耸立着两只圆圆的小乳房，像是两只网球。太严厉因此难以让人接受，她的胸部是她用手伪造出来的一个塑料壳，为了忘记胸部的缺陷。它们没能长出来。她没有感受过逐渐膨胀的乳头的痛苦。

她的妈妈感到懊恼，说，既然她身上的女性特征那么少，她一定很聪明。没有帮助，在激情的操纵下，玛利亚成了第一位摩洛哥心脏病女医生，在一家法国大医院里。

马利克 17 岁的时候，她最后一次合上了眼睛，把他的故事也带走了。于是，为了不要承受那些没有回答的疑问所带来的痛苦，他给自己打造了一个动人的故事，一个女人带着一个小孤儿逃走，为了保护他并帮助他长大。

真相更加清白无辜。

父亲发现马利克·阿卜杜勒特别像邻居。母亲发现马利克·阿卜杜勒具有父亲的所有缺点。马利克·阿卜杜勒哥哥姐姐们觉得这是个多余的小孩。于是这位单身从事着男人职业的平胸阿姨想到了这个完美的主意，把他弄走，以纠正自己的气质。

她接受了他，尽管并不真的想这样做，然而，她逐渐习惯并眷恋着他。她用爱塑造他，像是猫科动物舔舐它的小孩，朝着一个方向梳毛，然后又朝着另外一个方向。她训练他，爱他，鼓励他，让他做什么都能成功。马利克·阿卜杜勒跟着他阿姨的脚步，变成了一家好医院里的好医生。她教给他做个殷勤而慷慨的好男人。马利克变成了一个好情人，他将会是个好爸爸。

玛利亚与他心照不宣的协议，他向她保证，不会为了弄清自己的身世而在他的过去中乱翻。

他的阿姨是一面开满鲜花的墙，背后隐藏了一片布满鬣狗的草地。

伊娃想要再见到乔纳森，想知道他是否仍然渴望她，尽管她的身体已经发生了变化。她希望他双臂拥着她，吮吸她，进入她。每一个兴奋的动作对她都是一种证明、一个证据。

如果是答录机，她不会留言，不会留下几句玩笑话。害怕她忧愁的声音，像她阴郁的小腹一样忧愁。

他拿起了听筒。“亲爱的？”

她没有回答，他在对谁讲话？

她呼吸不得，他用另外一个“亲爱的”替代了她。她挂上电话，伤了心。乔纳森，原本能够拉住她、让她重新活过来、落在里面以获得平静的精心编制的网。

她在沙发上抱腿坐着。裸露的双脚冰凉。不再需要桶，不要汲水，泪水溢出泪囊。伊娃累了。徒劳无功的战役，不会胜利的战斗。乔纳森是一块越行越远、变成岛屿，被其他东西而永远不会被她包围的土地。不可进入、没法到达、太过遥远的一片土地。

立刻死去。忘记这些毫无生气的日子，这种扼杀她让她透不过气来的孤独。

不再有人打来电话，打电话来的人不是她想交谈的人。厌烦了担心的母亲，厌烦了小心翼翼的琳恩。厌烦了睡觉时没有任何可以讲的事情，没有任何可以回顾的轶事。只有一张面孔的回忆，只有蔑视她的弗兰克的脸。

没有味道的节奏。伊娃不再有勇气绷紧自己的肌肉，觉得冷的时候不再有勇气穿衣服。她不再听到汩汩声，不再感到饿，不再有睡意。夜晚，没有梦，只有扭曲和冷笑的影子。

日常生活的喧闹不再是平常的。邻居们讲话太大声，他们的叉子跟盘子互相碰撞，刺穿了她的悲痛。一起吃饭的人，为他准备一道菰米炖鸡的人，关心的人，与之交谈的人，拥抱的人，与之分享的人。

伊娃没法再想到明天，之后。生活没有任何出路。不再有力气来建造门，制造楼梯，创造钥匙。不再有力气来相信，甚至是乔纳森也不在了。

伊娃一个人穿上衣服，裹住自己。她不会再去学校了，周一不会，下周也不会。害怕将她作为女人的痛苦传递给依然无忧无虑的孩子们。不再接触他们。什么都不要通过她的手掌传递。活生生地把自己埋葬在这个棺材公寓中，盖上盖子。空气变得如此稠密，再也不能进入支气管，为肺提供氧气。囚禁她的石头、瓦砾的微粒。

伊娃等待生活来拯救她，如果她珍惜自己的话。要由生活来说服她，她仍然是值得的。要由生活来做出努力，来重新变得能让她承受。伊娃去睡觉，生活只应该自卫。

天黑了，环境被棉絮般的白雪覆盖，因为寂静而沉重。伊娃蜷成一团，打着寒战，像是一个发烧的小女孩。

“太痛的时候，人就晕倒了，是吗妈妈？”

像是纠缠不休的唠叨，她寻求得到母亲的确认，来让自己安心。

“不总是那样，我的天使。”

“是那样的，妈妈！如果非常非常痛，比这样还痛，对吗？”

五岁的伊娃，大张开她的双臂，将天花板包括进去，像是用测量来证明。

母亲回答：“对……好吧，伊娃，你并不痛，因此不可能晕倒，对吗，我的天使？因此，放下你的胳膊，准备开饭！”

伊娃没得到鼓励。她会去问别人,她父亲会知道,太痛的时候,人一定会晕过去。她必须确定这一点,像是一种神奇的保护方式。大脑断开,干扰它的传感器。为战士们避免侵略和劫掠之苦的军事首脑。

“在晕倒之前,人有时间坐下吗?”

“唔,没有!”

“如果我撞到头呢?”

“不,伊娃,你不会撞到头的!”

“如果是在街上,如果有一辆汽车。”

“如果你想想其他的事情,我的伊娃,而不是折磨脑子,好吗?”

母亲给她一个爱斯基摩式的吻。鼻子对鼻子,双手背在背后,来防止番茄酱和面粉弄脏她的女儿,她正在制作周六晚上的披萨。

伊娃从来没得到一个真正的回答,没有从母亲嘴中,也没从父亲嘴中。但是她仍然坚持相信这一点。

对抗恐惧的护符,像是一切甚至是最糟糕状况的神奇解决办法。

孩子死亡的气息,每一天都更加浓重。有人截断了她的命运。有人偷走了她变细的头发,变成浮雕的肾脏,被嚼过的乳房的乳头。

她本来会很乐意能够抱怨说:“我干不了啦,宝宝不睡觉,真的,我向您发誓! 我累死了!”

她本来会付出一切,来服务于一个要求高的小生物。不再遵循自己的习惯,根据他来思考。变得丰满,达到女人的极限,变得完整,明确的圆圈,完美。

获得所有人的注意,让所有人都关注她作为母亲的状态。

即使是一个人,被抛弃,没有父亲来认领这个小孩,也有权利享受这种焦急、不安的目光,不是对她的,而是对她大声哭叫的婴儿。

因为哭声而突然惊醒,眼皮仍然粘在一起。回奶的抽泣。换尿布,她吸入让人恶心的味道,为了不错过她孩子的分毫。睡眠不足,乳头的皴裂,到处都是鼓出而下垂的肥肉,衣服上干掉的口水。不再有自己的时间,什么都没法干。抱怨,找母亲寻找她的解决办法,她的建议。最终成为一个重要的人,双手张开,手掌朝天,为了接受,为了感谢。一个品尝自己孩子甜蜜皮肤的妈妈,呼吸他温热的头颅,做鬼脸来让他笑。一个婴儿,对他喃喃说“我爱你”的次数比呼吸还多。

塌陷的陷坑,坍塌的井,撕破的天空。伊娃从内部吞噬自己，大口吃下她的内脏，吐出。吐出的粪便状的块。伊娃走向毁灭，挖洞，将自己埋起来。

伊娃，熔岩的漩涡，牺牲生命，燃烧，让自己燃烧。

琳恩为伊娃感到痛苦,但是感到,没有办法照顾她。她见识到了一个深不见底的缺口,它伸出胳膊,要抓住她,让她也陷进去。伊娃在她静静地等待中对她要求太多了。琳恩发过誓,她会信守诺言。但是,她拒绝宣称弗兰克对一切负责。他没法挽救她,抹去她的忧伤。琳恩觉得让弗兰克的家庭付出代价是无用而暴力的。这什么都解决不了,产生的灾难永远不会消失。最好的朋友在她对伊娃的忠诚和她的理智之间左右为难。她觉得为了让伊娃微笑不可能做坏事。

马利克·阿卜杜勒不明白伊娃对琳恩建议了什么,他没发现什么令人不安的,而只是将会重新沉睡的愤怒,没有疯狂到摧毁的程度。他补充说:"但如果是这种情况,莉莉,你要说不。没有任何理由让你在这种反常的情感中弄脏自己。”

马利克讲得恰如其分，总是有分寸的。他的声音是稳定的。没有突然发出的巨响，没有烦躁。他控制自己的想法，知道通过平静来逐渐灌输它们，他总是有道理的。他迈着坚定的步伐前进，没有脾气的发作。

他讨厌冲突，但是装作没有冲突对他而言不是可行的。如果伊娃错了，他不会不对她指出，如果她固执己见，那么她只需要一个人犯错，不要拉上任何人。马利克以为自己是盾牌，因为承受打击而凹凸不平的钢板，为了他的美人，所向无敌。

他以这种方式来设计夫妻关系。妻子是珠宝，丈夫是珠宝盒。

没有人会碰到琳恩，他与她融为一体。伊娃撞到了一个障碍物。

琳恩徒劳无益地想要回到老问题，保证还没什么太严重的问题，他不应该立刻下结论，伊娃“一直并且仍然是她最好的朋友……”他说“是的，是的，但是希望她别大胆到让你扮演一个可鄙的角色的程度，否则……”

“否则？”被逗乐的琳恩打断他。

“否则她就要跟我打交道，你明白吗？”

从她发现马利克·阿卜杜勒这种想要强壮、成为父亲、成为保护者的强烈欲望那天起，琳恩就崇拜着他。他有着孩童般的双眼，如此脆弱，如此温柔。她被他的意志，他的坏脾气所诱惑。他会展开他的翅膀，增加他的力量，生产他的能量，如果这一切还不够，他会创造出一支军队。

双臂拥着她，他甚至不能转动她的胯骨。柔软的琳恩将他保护在两乳之间。

在第一处障碍，珠宝盒般的丈夫让她惊叹。他在她周围合拢，巨大的珠母贝，保护着他的珍珠。一瞬间，她变成了放在丝绸之上的钻石。

她的胯骨变窄了，否则是马利克的胳膊变长了。她不再将他庇护在母亲般的双乳之间，她诱惑他，有时候减轻他的痛苦，让他的怀疑重新活跃起来。爱抚、提供能量和抚慰的柔软垫子。

伊娃还没有撰写琳恩的部分，她应该扮演的确切角色。她只是知道，没有她，她不会有勇气实现她的复仇。她了解自己愿望的力量，但是为自己脆弱的手指感到遗憾。不够强壮，不能成为钳子，磨碎弗兰克生殖器的机器。

让他再也不能繁殖，再也不能把另一个他带到这个世界上。

让他的阴茎不再自豪地挺立，不再享受愉悦，不再带来愉悦，什么都不是。在他两腿之间晃荡的冰冷肉块。

伊娃用耻辱给他加冕，给他穿戴上凌辱。弗兰克将会屈从于伊娃子宫的软弱无力。不少，不多。他将只适合分享伊娃父亲的小铁椅子，但头脑全然清醒，并且嘴角没有口水。被迫在最丰满、最坚挺、最吸引人的屁股高度上转动眼珠。

渴望，但不被渴望。再也不能碰触，触摸，抚摸。再也不能享受。

伊娃非常高兴。

她如此想念他。他们的共同回忆是她剩下的唯一，好像是她从来没有独立于他存在过。

一切都将她与弗兰克联系在一起。像是激浪一样折磨她的持续执念。

伊娃的香水，她的衣服，她的发型都是弗兰克的主意。他的每句话都改变了她，塑造了她。她不再记得曾经的那个不同的伊娃。

她专注的方式不再一样。一天，他对她说，当她沉思的眼睛垂得那么低，以至于有人还以为她得了斜视，这样很漂亮。于是她意识到这种姿态，并且再也不知道用别的方式来表现。她采取这种神情，因为一句是，因为一句不是。最初，是为了让他被诱惑的目光包裹着自己，然后什么都不为，只是因为这在他看来是最好的。

他特意指出她拨动刘海的方式，好像是它妨碍了她。他觉得这个“很可爱”。皱着眉头的小女孩的神情。于是，她不再是时不时地这样做，而是变成了习惯动作。

每个动作都得到注意、支持。他喜欢某些事情，于是她会增加。它们不再是细节，而是她整个人格的总结。

伊娃是一个娃娃，人们只给她一件裙子，一条小项链，一双小绣花袜子，一双用一条小带扣扣上的小漆皮鞋。

被疼爱的娃娃，被爱惜的娃娃，人们跟她一起玩，为她编故事，然后丢开手。人们放下她，忘记它。

固定不动总是一样的娃娃并不好玩。可爱变成了平庸。

只有一副面孔的伊娃，而弗兰克需要一个全部，一个让人着迷的人。

他意识到自己意见的重要性，因为将自己的印记留在这张温柔的脸上而愉快。但是很快，他不再感到惊奇，打动过他一次的东西被刻板地反复提供。于是不再是稀有的珍宝，而是一座敞开大门的银行，人们去那里取自己的应付款。

不再有品尝，惊奇，只是一顿太丰富以至于让人恶心的油腻饭食。

伊娃想要变完美，“将她的潜力最大化”，像是她最好的朋友所说的。她努力要变成龙卷风，带来惊讶，卷走，征服。提供给弗兰克一种永恒的极乐和欲望。

在他专注于粗略保持一致的时候，伊娃不知不觉变成了另外一个人。一个之后她会讨厌的人。

另一个人，由从前的她的碎片构成，交织着审视者的目光。另一个人，精心选择的布片的拼凑，出于对弗兰克的爱一片片地缝在一起。僵硬的布，朴实无华的枷锁，逐渐变干的潮湿皮子，像是一种折磨。

他无意中让她局限在自己当中，按照他的方式进行重组，让一切都是他的共鸣，在他不在之后。

伊娃让自己在情人的抚摸中荡漾，没有发现手指越来越硬，紧紧地勒住她白色的脖子。

像是一条优雅的巨蟒，团成一团并诱惑，直至呼吸离开她。

爱着的恋人，昏厥的恋人，没有生命的恋人。

如果给予伊娃回到从前的可能性，永远不要呆在学校的咖啡机对面。如果她能够抹去，切断，在这段爱情的位置留下一个疤痕。如果问她最宝贵的愿望，她不会说是的，以忘记一切，她不会说她后悔，她本不应该。

她会充满热情地肯定说，她什么都不会改变，她最大梦想是改变结局。让他回来，让他快点回来，让他决定不再害怕他们的关系，让他终于接受她。

她重新思考他们之间的每一刻，像是一个避难所。存在过的就会再现。

弗兰克没有任何理由会比她受的罪少，思念应该也控制着他。像是束缚哪怕最细微动作的一件紧身内衣。没有他每天的忙里偷闲，他的生活应该是苍白的，不再有这种日常的柔情，单纯的甜蜜，快乐的亲吻。他会觉得他的妻子陈旧，墨守成规，他的孩子们太过缠人。

这个男人的角色应该是他身上的一个洞，只当丈夫和父亲没法将它填满。

弗兰克不能这样生活，他没法恢复到没有伊娃之前的那种平静。

伊娃如此相信这一点，以至于她确信事情的反面。弗兰克应该是像猫一样再次四脚落地了。

花时间来喂养它，为它担惊受怕，让它不要感到寒冷，让它觉得舒适，注意它闪亮的毛皮。猫微微颤抖，毛竖起来，让人相信它那自以为最重要然而却是可替换的主人的全能。

猫活下来，从窗子跳出去，肉垫缓和了坠落的冲击。它的脊柱有弹性，调整适应需要的曲线，来让它永远都不感到疼。

弗兰克不接受任何痛苦，如果他在这种环境中痛苦，他瞬间就将它重新创造，重新书写。

不具有一个牺牲者的灵魂。

如果他离开了，不是为了让她可以转向其他，是为了让他转向其他，转向另一种悸动。

伊娃坚信不疑的一面刚刚倒塌了。

弗兰克替代了她。

他在他的生活中放入了另外一个女人。他保持了同样的平衡，因为他只是换了个棋子。他重建了自己快乐亲吻的甜蜜，单纯的温柔。

他这个男人的角色没有空闲，他是父亲，丈夫，情人，像是在伊娃之前，跟另外一个女人时一样。她既不是第一个，也不是最后一个。她只是前一个人的替代品，替代品的前一个人。

弗兰克利用他的方式来铺满自己内心的这个空房间。伊娃只是一张彩色的壁纸，一张柔软的地毯，对他低声说他是最帅的魔镜。

伊娃用越来越密集、浓稠、庞大的假设包裹自己。她的假设成形，变成了事实。

她碰触自己卑微的肚子，像是摸着一截兔子尾巴，一块宝石，一块马口铁。这会是她的吉祥物，她的坐骑，她拔掉保险的手榴弹。

她会找到新人，找到老情人们，占据她们的子宫，向世界挥舞它们，将它们钉入弗兰克体内。

让这个空房间的墙壁覆盖着她们的内脏。不再是彩色的壁纸，不再是柔软的地毯，不再是对他低声说他是最帅的魔镜。血迹斑斑的祈祷词，将会永远毁灭他对于平衡的自私需求。

伊娃会完成她的任务，剪掉猫胡子，它会像一个没有手杖的盲人一样撞在墙上。切掉它的爪子，让它步履维艰，变成一张人们用来擦脚的草垫。将这只老鼠从地球上抹杀，让它不再伤害任何人，头放在内脏当中。

伊娃的母亲很担心，她的女儿取消了她们的午餐约会，借口说刚刚得了感冒。母亲坚持说：“你需要什么东西吗？你有治病的东西吗？我给你带点儿药？”

伊娃虚弱地回答：“还好，不需要什么”。

她的言语听上去很假，母亲母亲激动起来，她的女儿蜷缩起来，像是一个悲伤的线团。

“如果我给你个惊喜，过去一趟，你会高兴吗？”

伊娃微微笑了一下，来给她灰色的言语染上色彩。

“如果你告诉我了，那就不再是惊喜了，不谢谢，我需要一个人。”

“不舒服的时候，最好是两个人。”

“我很好，妈妈。”

"那么为什么你取消了约会?"

"妈妈,我没有勇气……"

"好吧,如果你没有勇气,我来?!"

伊娃想要大叫着不,让人别来打搅她:"这是好意,但不是时候。"

刚有人按过门铃。伊娃想要打碎一切。到处都是她的母亲,总是在,需要的时候却不在。她应该通过在大楼的门厅里打电话来骗过她。

狂怒中的她打开门,准备吼叫,来让她逃走,跳到她身上,割断她的喉咙。但是在楼道里的,不是母亲。

是微笑着的乔纳森。

伊娃结结巴巴地说话。无尽的波浪从她的眼睛里涌出。

他紧紧拥着她,紧紧地。他喃喃地说:"嘘,嘘,会好的。"他解释说自己遇见了马利克·阿卜杜勒,他们共同的朋友之一。他撒了点儿谎,说他几乎什么都不知道,他只知道现在是她的艰难时刻,马利克什么都没有对他多说。

门依然大敞着。伊娃动弹不得。紧靠着他,靠着他,眼睛蒙上了泪水的雾气。她打湿了男人的肩膀。

母亲将部队集合在她面前，琳恩和伊娃的哥哥。她解释了她们推迟的约会，“让人心碎的”那通电话，她想要提供的惊喜，但是伊娃拒绝了。她补充说，她在想不开，必须现在行动，他们不能再放任她漂荡。

哥哥跟平常一样平静。他同意将自己对于琳恩的怨恨放到一边，为了聆听他妈妈关于伊娃的考虑。

母亲模仿她女儿的话，强调她的流泪，夸大她声音的虚弱。

琳恩过于积极，对弗兰克的痛恨染红了她的双颊：“伊娃是对的。需要杀了他。

“谁?”哥哥问到。

琳恩多想也让带着那种糊涂神情的他蒙受残疾。“你觉得是谁?"母亲冷冷地喘气:"那个人……那个人"。她从来没有说出过他的名字,像是为了不要碰触到女儿的私生活。说"那个人",是为了让他一直是个局外人,一个他们之外的人。一个她并不喜欢但为了不要拆散母女联系而接受的人。

哥哥厌倦了琳恩荒谬的想法。母亲没有表明立场。当有人伤害她的宝宝,不再有规则,不再有道德,如果唯一的解决办法会显得像是一条肮脏的社会新闻,没什么大不了的。伊娃会再次站起来。

哥哥发现了事情可能的趋势,他已经在想象,报纸中的小插页上写着"两个女疯子将一个男人折磨至死"。他知道,这不会让他妹妹感到宽慰。最好的也不过是让她们平静下来,但是这不会让她感到宽慰。

这既不会抹去她的流产,也不会抹去她几个月来全部的悲剧。这既不会再次给予她生育的机会,也不会让从前没有痛苦、充满青春希望的伊娃重新出现。

贾斯丁知道,只有爱情能够吸收这一切,忠诚、真诚的弗兰克的爱情。无论如何,让两位复仇女神将之全然毁灭也没有用。当然了,他也想到,如果弗兰克的双臂变成两根粉色皮肤的漂亮残肢,他会多么快乐。

抚摸过伊娃的双手,看过伊娃的眼球,所有能够进入伊娃的突出部分,在一锅加了酱汁的菜豆中温火慢煮。

琳恩的声音比任何时候都要尖锐、激动，像是一个将要收到一生中最好礼物的小女孩。

母亲离这种状态也不远，焦虑不安填满了她的狂热。哥哥明白，她们不会再抛弃这个念头，事情会演变成最糟糕的情况。他不想这种事发生，不管是她们还是伊娃。他不愿他的家庭降格至村庄里面包师与屠夫之间的悲剧，乱放的子弹和终身监禁。

这不会对任何人有好处。

"那么让我去做，我会一个人或者跟伊莎一起去找他。"

"那你要说什么？怎么样说？哪里说？说啊！"

"我会做该做的。结束这段感情，一次性终结。"

哥哥解除她们的武器，控制了解决方案，将她们远远隔开。不要让自己被她们的暴力吞没。他会平静地反应，像是在最高尚的决斗中，没有人会失去他的尊严。

伊娃的头放在乔纳森的膝盖上。他用自己的套头衫盖在她身上,手臂搂着她。

房间里很暗,黑暗从没这么令人安心过。他们包裹在黑暗当中。乔纳森的牙齿闪闪发光。他吃掉伊娃滚烫的气息,吞下她的味道。

让时间变得漫长,没有终结。利用献给他的这个梦。他将不再入睡,守候伊娃需求的守夜人,不遗余力,没有抚摸会是多余的。

他希望,她幸福地在他身边醒来,她不会因为找不到她的前任而失望。他祈祷,那只是一个前男友,她不再有怀疑,在她心中终将有他的一席之地。

伊娃愈发蜷成一团,她觉得冷,发出呻吟的声音。他决定小心地将她托起来,放在她的床上,盖上柔软的杯子。她用一种小孩般的声音抱怨,眼睛始终闭着,头在乔纳森的肩窝中滚动。他不知道是否应该给她脱衣服,不知道她是否会因此责备他。于是他只是给她脱掉了拖鞋。乔纳森梦想,赤身裸体跟她贴在一起,睡上很久很久。

保护她,让黎明成为光明的。

乔纳森不知道她什么感觉，对于痛苦的程度她一个字都没有提。他会尝试不要对她无礼，让她不要因为相信他而后悔。

他悄无声息地带上门。厨房里，冰箱和橱柜空空如也，厚厚的一层脏东西覆盖着窗子，只有一个带着姓名首字母的心形。他的喉咙一阵发紧。太清晰了，不可能是很久之前的印迹。这个图案蔑视着他。他看到，每一天，伊娃用她的食指重新勾勒弧线和字母，来让爱不要模糊。

乔纳森坐下。伊娃几根细细的头发仍然挂在他的套头衫上。他一根根地把它们摘下来，小心地，像是不情愿一样。

乔纳森想要离开，留下，叫醒她，问她他应该做什么。如果是另外一个人在楼道里，如果是弗兰克。

乔纳森把自己变得渺小，乐高积木骑士，他希望的色彩被满是污泥的水稀释了。留下或者不留下，叫醒她。乔纳森皱紧面孔，他可悲地在合适的时刻出现了，值得获得安慰奖，但不会更多。

一个照顾另外一个人的爱人的男人，一个把她放在床上，拥抱她的男人。

一个不会有人为他在破烂的厨房里脏兮兮的玻璃窗上画出带有姓名首字母的大大心形的男人。

一个在变成绷带之前应该立刻逃走的男人。

琳恩知道弗兰克的办公室在哪里。她尝试对他解释，但是他什么都不明白。于是她狡黠地建议陪着他一起去。

哥哥明确地说，他想要一个人见他，而她没必要强迫自己在最后一刻加入。琳恩说“不，不”像是“显然我会按照我的愿望来行事，跟每次一样”。

哥哥希望能认出他。他会叫住他，请他在旁边喝一杯咖啡。他不会表现得有丝毫攻击性，不会引起任何恐惧。他会质问他，邀请他就在旁边喝一杯咖啡。他会让自己没有任何的侵略性，不引起恐惧。他想象他们的对话，“他会这样说，而我会回答，不，我会说，他会这么做，会发生这个，或者这个，然后，于是，之后”。

伊莎贝拉为她的丈夫自豪。她提议帮助他，他马上同意了。但是，为此，她必须接受跟琳恩待在一起，为了阻止她破坏一切。

伊莎大声说，这是“在她能力之外的”。贾斯丁失望地撅着嘴，眉毛撇着，“甚至是为了我也不行吗？”

伊莎于是被战胜了，伟大的女人，“因为我爱你，所以好吧。那个女怪兽，我会容忍她！”

他拥抱了她。“谁是最走运的丈夫啊？”

在一片湿漉漉的窃窃私语中，哥哥在妻子的耳边说出了一个多情的“是我”。

乔纳森开始搜寻。如果他找到男人的东西,如果她保留了他的一切,信件、词语、照片,他将不再有任何理由留下。

伊娃熟睡着。他打开衣柜,抽屉,床头柜。街灯的光晕方便了他的搜寻。他发现了一条链子,带着一个戒指作为吊坠,在他看来是典型母亲送的礼物。他寻找,并不真的希望找到。自己为每一个证据找到理由,为了能够反驳它。

现在,乔纳森仔细检查入口的壁柜。最后一个适合装满秘密的鞋盒的地方。并没有什么真的跳到他眼前,除了一个包了又包、过度包装的包裹,像是一个她最终拒绝扔掉的垃圾桶。他碰了碰,掂了掂,决定用钥匙划破包装。

乔纳森打开一块宽大的厚布。他站起来,双臂大张开。在他的双手之间,是一张沾着血、突出的褐色凝块、干涸的痕迹的床单。胆汁涌到他喉咙中，成千上万个问题纠缠着他。没有时间整理，像是什么都没发生一样把它叠起来。

摇摇晃晃的伊娃站在客厅门的缝隙中。她将自己的上颌与下颌贴在一起，像是两片铁片。“立刻出去，立刻。”

乔纳森本想说什么，他不知道说什么。

她扑到床单上，紧紧抓着它，像是抓着一个婴儿。

“走啊，走啊，走啊。”

乔纳森慢慢地靠近伊娃。最后一次拥抱她，像是为了理解。伊娃反抗，然后顺从了。乔纳森如此温柔的声音让她哭了。

“他曾经在我身体里……那么小……在身体里……”

这块布上不是弗兰克的血，是他们果实的血。

乔纳森于是用力地拥抱伊娃和脏床单，喃喃地说“对不起对不起”，他永远不会离开她。

哥哥没有任何计划，他甚至不知道他对于这次会晤的期待。他不相信可能的爱情复合，也不相信将会终结悲伤的神奇借口。

贾斯丁不认为弗兰克有罪，他没有背叛伊娃。他们心照不宣的协定走到了尽头。哥哥受不了的是这个想法——这种协议居然会发生。如何投身于一段没有希望但却始终持续的关系当中，如何跟另外一个女人分享爱情？

应该负责的人是伊娃，有什么原因能够导致她满足于一切的一半，没有远景？

只是一个可鄙的情妇，接受一个飘忽不定的男人的一小部分。弗兰克为了达到目的迂回前进，一个跟现实达成妥协的人，他选择不作出决定，为了保留自己的两条道路。如果他触犯了伊娃的修养，他毫无疑问会将另外一个女人的修养引入歧途，但是没有什么会在他面前，在他妹妹身上，在他们家庭内部发生。伊娃不会分解成垃圾，不会成为比墓穴更空洞的残骸。

在她这段感情的初期，贾斯丁没能告诉她这一切。她什么都不能听，是她的内心指引着她，逐渐强迫自己接受一切，不管是什么，来让一个已经幸福、已经结婚、不适合童话故事的男人幸福。

哥哥不怨自己没有对她讲，那不仅什么都不会改变，而且会促使伊娃进一步远离，来不要被他的注视打扰。是时间谈论伊娃的沮丧和脆弱的时候了，谈论她的无法自拔和不在了的婴儿。

弗兰克没有抛弃他的妹妹，他毫不优雅地离开，不知道她怀孕了。他将她纳入了自己的生活，然后又把她赶了出去，不是别的。贾斯丁因为这种事情落在伊娃身上而大怒，他愿意付出一切来让这种事情落在另一个女人身上，在别的地方，远远的，来让他永远不需要将自己妹妹支离破碎的碎片重新聚合在一起。

伊娃本不应该想要留下这个孩子。就不会有这个夜晚，这些星期，这些永久空寂的漫长月份。

如果只是一段结束了的感情的正常破裂，她会带着身为女人的骄傲快速地恢复。

迄今为止贾斯丁完全避免了这种情况。伊莎贝拉握着他的手已经有几千年之久，他们的两个女儿是两人无障碍默契的保证。他记不起孤独的时刻，感到自己如此无用以至于想要死去。他的生活是幸运的，温柔的，没有真正的烦恼。贾斯丁了解理论上的一切，但是还没有对于痛苦的实践。

哥哥害怕把伊娃作为一个受害者，害怕她唤起怜悯，让弗兰克以为她依附于他。他梦想他妹妹跟一个了不起的男孩在一起。建造在坚实的基础之上，她会跟他建起一座有着千座高塔的城堡。

他害怕促使他们复合。害怕弗兰克再次出现，而他妹妹回到了自己什么都不是的情妇位置上。贾斯丁会对他说，一切都终结了，而且这是一种下流的行为。不，不是真的。他会说这终于结束了，而且最好是这样。不，别再。他会说伊娃因为这事而很痛苦，他应该负责任。哥哥思索着，他谈论的是什么样的责任？

既没有承诺也没有梦想孩子，弗兰克做错了什么？

他没有想到任何客观的回答。要由弗兰克来讲话，做他所能做的，设法应付他播下的种子。贾斯丁将会陈述情况。弗兰克做剩下的事儿。

从部队集合开始，琳恩不停地对马利克讲述他们三个人的谈话。她不断给哥哥和母亲打电话。最好的朋友准备着一场接待会，一场盛大的聚会，她因此会负责每一个细节。她建议贾斯丁穿一件简洁的上装，他应该“尽可能地男人一点”，让面对他的弗兰克，只是一个羞怯的小东西。

哥哥觉得这很荒唐，马利克·阿卜杜勒也一样。

弗兰克比他大十五岁，他应该具有灰色的毛发，稀疏的头发，应该已经散发着养老院的味道。

贾斯丁可以照他所想的那样，对于这段感情不具有任何重要性。

琳恩恳求说：“这是一个场景的问题，画面必须是美丽的，你明白吗？”

“一点也不,”哥哥回答说,“我一点都不明白。我是去处理我妹妹前任的事情,在他办公室楼下一小时最多了。我们不是在拍电影。”

琳恩叹了口气,贾斯丁仍然什么都不像。

马利克同意哥哥的想法,她不能再反对。

大坝打开，河水奔涌而出。

伊娃再也停不下来。眼泪的大量流失。

通过眼睛，通过鼻子，水从她的身体中流出来，像是拉斯普京时期沙皇的儿子一样得了血友病。

乔纳森把自己安置在一个角落里，早晨准备好早餐，放在伊娃床头的一个托盘上，然后很早就离开了。

她只要伸出手，就能拿到一片面包，四分之一个橘子，一粒葡萄或者一个榛子。他中午回来吃饭，也跟她聊会儿。他表现得轻松，为了让伊娃不再感到不安。在他看来，没什么严重的，这个阶段是正常的，不是不安的时候。乔纳森注意到她上午吃掉的小块食物，来明确第二天他会给她吃的东西。每一天，他安排新的味道，小块鸡胸肉，小团鹰嘴豆，土豆饼。他试图让她产生欲望，而不强迫她。

晚上，疲劳的他带回装满新泡泡浴、味道香甜的洗发水、糖果和鲜花的购物袋。

乔纳森不是个圣人，他希望在伊娃身边分享她的新觉醒，希望他们终于能够相爱。

他很自豪自己在这里，当他在一次爬山活动中失去自己最好的朋友时，他本来需要有人为他充当这个角色。

没有他，他不再有勇气生活下去，长大，衰老，他们的年龄永远都不再是一样的。

他们在中学毕业班认识，然后再也没有分开。他们一起开始登山露营，在星光满天的夜晚互相讲恐怖故事，他们在大学考试中的第一次作弊，他们第一次不具名的纵酒作乐。他们逐渐爱上了攀登，几次胜利之后，他们希望让事情更加引人入胜，想要攀登一座他们梦想了很久的山峰。

他们在雪下困了 38 个小时，人们找到了半死的乔纳森和完全死去的马修。乔纳森再也没有回到雪山中去。

他戴着马修第一次领圣体收到的金牌。乔纳森不是天主教徒，使徒什么的不是他的专长，脖子上戴一个也不是，但这枚奖章是马修的一部分。这曾经是他的吉祥物,他每次比赛或者重要约会之前都会亲吻它。马修并不信教,他相信魔力。

乔纳森请求保留这件首饰的权利,伤心欲绝的父母们觉得这“很正常”,因为他们“兄弟般的关系”,“一个活着,而另一个没有”。

乔纳森回到大学,在此之前的几个月时间,除了思念他无法集中在其他事情上。他周围的人们不够关切,付出徒劳的善意。本应该有人背起他,为了他生活,为了让他能够重新站起来。

这是他坚持要提供给伊娃的。指引她的生活,在那里倾听她的需求,迎合它们。按点吃每顿饭,检查她双脚的热度,注意毯子的数量,给房间通风,尝漱口水,让它不要太凉。代表她做事,帮她卸掉做决定的重负,她不再有的欲望的重负,她喜欢或者不喜欢的东西的重负。

通过挽救她,他挽救了自己,治愈了自己的哀伤。

他时刻为伊娃包扎,像是在包扎他自己的伤口上那么多的裂口。

母亲推着小铁椅子跟里面的父亲,像是摇动坐在摇篮里的他。

他抱怨不能动,人们不再带他去什么地方,没有人让他知道任何事情。

为了照顾他,母亲在他周围建起了一面墙,竖起了一个屏风,来帮他防备一切,甚至是生活。

当他的妻子跟他的儿子和儿媳妇在举行战争会议的时候,他一个人待在客厅里,而这变得让他难以忍受。他没有说出清晰的词语,明确的字眼。他只是在自己的目光中注入了如此阴沉的阴郁,以至于母亲明白了。

然后他吐出了食物,当妻子站在他面前的时候,他尽可能地把头转向一边。他不再理所应当接受这种让他窒息的无聊,他的妻子必须改变,因为他的小铁椅子不会变化。

母亲说,她很“抱歉”,但是“她也不容易”。父亲装作没有听到。而她更加大声地重复,改变了一点句子的意思。她为自己辩解,说这不是“简单的情况”,她会“更加注意”。这并不总能让假装出一种令人生气的耳聋的父亲满意。于是她开始大叫,她会带着他到处一起去,保证!她会告诉他一切,保证!她永远不会把他一个人留在他的小铁椅子上。他露出一个小小的微笑,呼出带着温和嘲讽的一口气,问她:“为什么你要大叫,我亲爱的,我又没有聋……”

母亲就要爆炸了,但是她丈夫的玩笑让她想起了他们从前的关系:当他不停地逗弄她时,只是因为他喜欢看到她发狂。

“我有一个泼辣的妻子,”他说,“一个真正的小辣椒。”

他靠近气疯了的她,双臂大张:“来吧,我的小辣椒,让我也着火吧!”

母亲沉痛地怀念所有这些年,但是永远没有忘记,她很幸运,因为他还在她身边。

她努力重新赋予他丈夫和父亲的地位,不再进入到滚动的小椅子的把戏当中,容忍他的迟钝。不再导致他的放逐。

如果他拒绝跟我坐一会儿,如果他不愿意对我讲话,如果装作不知道是什么事儿。面对弗兰克办公室所在的大楼,哥哥一动不动地站着。琳恩不想立刻离开,她表现得迟钝、笨拙,来拖延时间。伊莎完美地完成了她的工作,她硬拉住琳恩,把她带得更远,为了让哥哥可以一个人去参加这场男人与男人的面对面。贾斯丁不知道他将会出现在什么类型的人面前。他担心自己妹妹的选择,害怕会比预料的更加悲剧。他害怕一个眼睛睁大的伪君子,像是最糟糕的撒谎者。他害怕对方会是他的反面,与他的妹妹相反。

哥哥焦虑不安而又小心翼翼地走着,希望这个家伙是一个无耻之徒与希望他是个了不起的家伙的心情不相上下。

无耻之徒,来对他吐唾沫,因为自己妹妹承受的全部痛苦而谴责他；了不起的人，为了能够最终理解这段在他看来没头没尾的感情。面对弗兰克，来更好地了解他的妹妹，更加接近她，双手把握住一切能够治疗她的东西。

琳恩通过她们所在的小咖啡馆的玻璃窗向外看。她吃不下也喝不下，她的动作紧张，她非常大声地讲话，尖声地说出荒谬的话。邻桌的人们叹气，对彼此小声讲话。琳恩像是黏在有着圆眼睛和红棕色毛发的伯尔纳叔叔身边的胖太太一样大声而不低调。她每个动作都在地上移动。伊莎贝拉很难为情，但是什么都没有说，她会集中全身力量，为了将她派到街道的尽头，派到她英勇闪亮的丈夫的身边。

贾斯丁感到全身一阵狂躁的兴奋。

时间过去，改变了对于这次会晤的害怕。他不再是去见他妹妹的前任，他要面对的是一个危险的生物，一个脑子露在外面的紫色僵尸，一只食肉的米诺陶洛斯①，冷笑着的贾法尔②，有着长指甲的不死神兽。弗兰克的画面改变，变形。带着血淋淋闪光的可怕面孔。

---

① 希腊神话中牛头人身食人的怪物。
② 阿拉丁动画中与阿拉丁做对的邪恶巫师。

“您好，打扰一下，您有个妹妹是……”

贾斯丁茫然了。面前站着的是弗兰克，一个人。

不是狼人，也不是热沃当的怪兽①。

一个穿着厚重外套有着黑眼圈的男人。

“您还记得……”

男人没有说完他的任何一个句子，但是贾斯丁没有打断他。只有黑暗的寂静切断他，打断了他的冲动。只有晦暗不明的寂静打断了他，遏制了他的冲动。

哥哥找不到可说的话。他观察这个比他年长很多的男人，他的神情容易受伤，脆弱。他的皮肤是忧伤的，他的气息有咖啡因的味道。

伊娃存在于他们两人身上，周围，她包裹着他们，联系着他们。

弗兰克喃喃地说：“伊娃她……”哥哥纠正说：“我妹妹。”贾斯丁说的是我妹妹，为了把她拉回来，让她更靠近他而不是弗兰克。

---

① 传说中位于法国洛泽尔省热沃当的怪兽，是种吃人的狼，它们长着巨牙，尾巴比一般的狼还长。

这个男人是渺小的，他的嘴唇很薄，很焦虑。伊娃的痛苦吹到了他身上，把他吹走。

哥哥期待的是一个刽子手，碰到的却是一朵花瓣枯萎的花。一个不再有气度的男人，不再或者极少顾及自己的外表。这种可悲的态度粘住她妹妹那么深爱的他已经有多久了？谁抛弃了谁？谁最痛苦？弗兰克的眼里干干的，像是忍住眼泪太久了。被盐分毁坏的眼周。弗兰克呈现在贾斯丁面前，像是一碟小菜。哥哥不会让他更加受伤。

贾斯丁只是问“为什么”。

弗兰克嘴巴扭曲。他努力让它不要太向下垂。

“因为她值得更好的。”

哥哥决定不说怀孕，痛苦的事情。他什么都不会泄露。让伊娃的痛苦变得模糊不清，远离这个衰老的男人。

弗兰克握了贾斯丁的手，像是对于失败的确认。他本来那么想成为一个战士，可以改变生活，对过去说再见，考虑未来。他不知道怎么做，除了是他的愿望不够强烈。他本来那么希望有勇气跟他的妻子坦白，回到伊娃身边，为了有权利重新获得感觉，为了有权利感觉自己活着。他本来那么梦想作为一个足够自私的男人而离开，同时足够勇敢而不去欺骗。

弗兰克在贾斯丁的目光中读到了他的倒影。

他不再松开哥哥的手,像是他碰到的是伊娃。发光的皮肤,糖的味道,爱笑的魅力。

他可以对贾斯丁说,让他带个信。他可以说他仍然爱着她,让他为一切辩解,他每一刻都在想她。弗兰克撞到了他,想到的是她。他明白了自己本应该送给她而却没能够的是什么,他本应该不要做而做了的是什么,他本应该是而不是的是什么。他坐在自己的幻想上,背对着自己的欲望,回到了对他最好的角色,丈夫和父亲。

让伊娃向着她奔跑,在一个属于她的世界中,跟一个会把自己的世界献给她的男人一起。

哥哥不想去找琳恩，她什么都不会明白，只会抱怨他对这个失败的家伙感受到的同情。

通过几句话，他知道他的妻子会称赞他，会同意他，会觉得他一切都有道理。他不确定母亲的反应，不确定她是否会站在骂骂咧咧的琳恩的身边。

弗兰克拉起了外套的领子，在一种只有他自己能感受到的极度深寒当中。他慢慢地转过身，像是期待着哥哥会追上他，他会告诉他一个秘密。弗兰克是一只忙着移动的短腿熊。他背朝着哥哥，像是一截树干，有人在上面刻下了最后一条信息。

懊恼的重量充满了他的四肢，弗兰克是一只胳膊太长不再拥抱任何人的老猴子。

哥哥寻思着,弗兰克的妻子是否预感到了这段感情,并且是决裂的启动者。

妻子应该是耐心等待着,见证了她丈夫的不理智,看到了他的任性。他当然可以摇摇头,蹦蹦跳跳,在自己的谎言中搞得一团糟,他并没有因此就不是他孩子的父亲。并没有因此就不是一直以来陪着她的那个男人。

尤其不要嫉妒。尤其不要威胁他。让他以为自己是船的船长,但船却在她的手中。

弗兰克只是乐器,却自以为是音乐家。她对于每一点都很警觉,像是一个注意自己正在尿盆里拉屎的儿子的丰功伟绩的母亲。弗兰克,这个不能让他悲伤的孩子,她让他成长,做傻事,确信未来会是一个美好的惊喜。

那个她找不到了的太小的戒指。没完没了的会议,以至于他们需要雇一个保姆。晚上的衬裤跟早晨不一样。小孩玩弗兰克的手机时他的烦躁不安。他越来越明显的疲劳。妻子处理了每个阶段,伴着每个动作起伏波动,随着这段感情的每次摇摆而颤动。

对她而言,最压抑的时刻,是每次她的丈夫变得太甜蜜,太温柔,以确保尽管有着另外一个女人的存在,他们仍然具有一种联系,像是另外一个女人在他身上成长,而他为此担心。

在所有这些年期间,她更加尽责地充当母亲,更多地工作。她是一个忠诚、懂得聆听的朋友,没有分享自己的怀疑、自己的肯定,以及有时对于这种不公平状况的仇恨。她知道将自己扯断对手和背叛她的男人的四肢的恐怖欲望封闭起来。

她在自己身上寻找微笑与快乐点子的库存。她做到了自己尽可能做到的。令人眷恋、魅力不可挡的女人。

她照顾自己,像是照顾着一块珍宝,来让他继续想要回到他们的家,让他仍然渴望她,让他不能够选择。

她是高尚的,偷偷地躲在杂志的洗手间里哭,然后立刻化妆,来掩盖残余的痛苦。让她的鞋跟骄傲地、优雅地在地板上咔哒作响。向他证明每一天都是乐事一桩,太阳不会落山。她坚持着,像是在一场战争期间,丝毫没有向弗兰克要求过多的东西,而他什么也不能。把他看作是一个残疾人。重新赋予他们的关系力量。让他们的生活像是不容置疑的事情一样被他承认。另一个女人只会是一个美好的回忆,没有别的。另一个女人是他经过的一条狭窄的走廊,因为尽头,是跳舞厅,是欢笑的大厅,是振作精神、让人感动、给人抚慰的房间。

宫殿,是她,不会是其他人。她会向他证明。

怀着决心,永不失败,弗兰克的妻子让爱情重生。在伊娃挣扎的时候,她处在一种甚至已经不再属于她的虚无当中。

弗兰克没有从与哥哥的会面中恢复过来，他在后者的目光中看到了伊娃的点点痕迹，这让他的思念更加如火如荼。

他知道，结束他们这段关系是正确的。

弗兰克找回了自己对于孩子们的责任。他感觉到自己的微笑更自然、更坦率。他不再有一半的身体在别处，一半的头脑想到另一个女人。恐惧消失了，电话可以响起，妻子的问题可以喷发，他现在找回了他的色彩，那种曾经吸引了他的妻子的青春色彩。每一天，他重新学习当一个男人。他有时间，精力不再分散，不再让自己相信存在分身术。他恢复了自己最初的野心，做一个有着方正肩膀和不拐弯道德的男人。

伊娃像是一个闪闪发光的明亮光晕，让人重新振作起来，但是有时候人会靠得太近，造成剧烈的灼伤。

他搜集了足够多她的宝贵碎片，足以用来克服她的不在。

尽管有一支像是笼子里的狼一样在他心中打转的明亮圆舞，他不会回到她身边。

不要冒险用手指抚过她牛奶般的皮肤，不要冒险将他们的微笑纠缠在一起，鼓舞他们的回忆。不要冒险握住她的手，并且不得不再次放开。

弗兰克没有牺牲他的幸福。

他一直希望，生活在他妻子身边结出果实，他们的根会变成树，陪伴他们正在成熟的果实，他们不断伸长充满水分的绿色树枝。

变成一个整体，伸向天空。

正如贾斯丁预料的那样，琳恩不喜欢这次会晤的进展。但是她特别平静，似乎失望让她筋疲力尽了。贾斯丁寻求伊莎的赞同，后者什么都没有流露。在对她们讲述的过程中，贾斯丁意识到，情况没有改变分毫。弗兰克只是一个影子，对他们的事情什么都不会改变。哥哥仍然感到很快乐，他可以不用带着蔑视的态度接触到他妹妹的感情，并且明白了她在这件过于厚重的外套的褶皱中找到了什么隐藏的东西。

从小时候起，伊娃就在寻找力量。她喜欢有些人是因为他们的决心、他们的精力、他们地上的力量。

伊娃想要为什么服务，成为幼儿园老师是她留下某种印迹的方式。重建可悲的教育。让孩子们盼望长大，变成美好的成年人。

伊娃是与一种强烈的头脑清醒混合在一起的经久不变的乌托邦之源。她教育她的学生们,像是为了弥补人类的灵魂。让明天的主人们用他们的崇高埋葬今天的卑下。

伊娃爱弗兰克是因为他宏伟的气度,他父亲般的表现,他杰出的成功。

他就是她,用属于她的方式。

挺立,多情,具有生活的千种滋味。

某个不睡觉的人,他创造,重新创造,为之赞叹。

伊娃不动了，像是为了固定住时间。她受不了这个想法——一切都不再一样。要活下去，带着另外一个女人的双眼，空空的肚子，逝去的爱。

乔纳森从朋友的角色过度到了结婚多年的丈夫的角色，许久以来都是忠诚的、专心的，来让她依然看着他。

他攫取了这个位置，抑制一份开始的冲动，最初几夜的幻想。他在这里，像是一件家具。一件棒极了、实用、常用的家具，可以根据需要移动位置。他满足了所有期待，像是一间一体式厨房。

伊娃在一个模糊的空间里受苦，像是气流永远不结束。一切都在她心中燃烧，覆盖着黑色的灰烬、呼吸时充满喉咙的灰尘。

乔纳森奋斗,为了让冰霜不要重新覆盖她,在她凝固变成花岗岩之前在冰上哈气。

他想到马修比想到伊娃更多,每个献给她的举动都是为了推迟一次新的死亡。

贾斯丁决定去他妹妹家。他想要伊莎陪着他,但是她回答说,她觉得伊娃看到她哥哥临时造访已经会抱怨了,再加上嫂子,真的是太多了!贾斯丁知道她说的有道理,但是他没有勇气。他想象伊娃因为他的侵入而苍白愤怒的脸。他不应该在此停留,他知道他为了她做了这件事,这才是最重要的。

父亲不停地把他的妻子弄到自己身边，比她所同意的更多。不再有时间洗头发，给头发染色，冲洗它们。不再有时间选择衣服，熨烫一件连衣裙，打电话给一个女朋友。父亲独占了她，她就是他的外界，外部的唯一见证人，于是她必须讲述其细节，她必须回答所有盘绕他心中的问题，永远不要停下。

他想要他的女儿，听到她的声音，让她跪在他身边。母亲对他说，伊娃拒绝她去看她，由于回忆起在小聚会上，当有人围绕在伊娃周围时，她的痛苦，她不想违背她的意见。不能够一个人待着的难题，因为这让爱她的人们不安，但是这却是她觉得自己最需要的。

父亲低声埋怨。他觉得让一个人独自痛苦是愚蠢的。他重复着："你对她说过，让她回到一楼她的房间来住吗，你对她说了吗?”母亲肯定,再肯定。父亲想,他的妻子在撒谎,她什么都没有对她女儿说,放任她慢慢死去,就像小铁椅子上的他一样。

于是母亲开始喊叫,够了,别再怀疑了,别再把自己跟伊娃比较,她已经厌烦透了他把自己当成是受害者,每件事都是让他补偿自己的残疾的一个额外的理由。她大声叫嚷着说,她什么办法都没有,她为所有人尽可能做到最好,她本来会很愿意看到他做出他的反应,总是在抱怨和发牢骚的令人难以忍受的先生。

她坐下来,屁股靠在皮椅子边上,她非常缓慢地喃喃地说,清晰地强调每个音节,“我再也没法子了”。

父亲明白,他太过分了,他的状态不能让他百无禁忌。它显然并不是一个用来解释他的愤怒、他的情绪的万用理由。他刚刚伤害了他的妻子,甚至是她的红头发看上去都失去了光泽。他不知道如何让自己被原谅。于是,他让一群天使,两群天使,几十群天使经过。寂静是沉重的。

母亲等待她丈夫的反应,再此之前她没法恢复振作,他知道这一点。因为他不能使用他的四肢,快速移动,抱着她,亲吻她一千次,或者跑到花店将屋子布置得明亮悦目,他列举一切如果他能够、他将会做的事情,一支热情的探戈,在雪中的脱衣舞,姜味沙拉,把她带到丛林里去度假,写下歌曲。他会在大冬天找来一个西瓜，夏天找到橘子。

母亲抬起眼睛，微笑，这些不是没有价值的词语，是真正经历过的时刻，是为了让她在悲伤时开心，他曾有过的真实点子。

尽管带着冰冷铁板的枷锁，她的丈夫仍然一样，是她的诗人，她的梦想家，她的英雄。

贾斯丁按门铃,乔纳森打开门。吃惊的哥哥拒绝进来,不想打扰他妹妹的私生活,但是乔纳森坚持。

他们不认识,甚至都没见过,但是乔纳森需要说知心话,需要理解,需要从这种他控制不了的蓝色旋风中摆脱出来。哥哥发现了他的沮丧。他不能放弃,他不能走。贾斯丁用几个句子估计了情况。伊娃睡了,乔纳森为她站着,只是为她,像是一个天堂的来客。

一个使人对难以置信的事情产生信任的人,一个让人在梦想得到背弃的时候做梦的人。一个需要抚摸,打消他的疑虑,捉住让他不要消失的人。

贾斯丁将他刚买来的几公斤东西放在厨房的桌子上。栗子面包、各种奶酪、馅饼、西葫芦和鲑鱼。他建议乔纳森分享他的菜肴,因为妹妹不会跟他一起吃饭。当他发现橱柜和冰箱是满着的时候,他对他谢了又谢。

哥哥不知道伊娃跟这个男孩的关系,他不会问这个问题。仙女般的乔纳森守护着她。这是最美好的爱情证明。

贾斯丁坚持要去看看她,为了确认他的印象是对的,为了确认他的妹妹并没有实际上被塞住嘴巴、绑着、身体肿起,因为在血管里注射的药品而流着口水。他小心地敞开一点卧室的门。伊娃睡在那里,脸色苍白到她的皮肤在黑暗的房间中发光。她的脸是放松、和平的,她的呼吸,温柔和有规律。她埋在散发出洗衣液味道的被子下。他的妹妹在一个孩子般的茧子里面补充能量,这个有时间并且像是一位父亲、一位母亲和一位祖母所应该做的那样照顾她的男人组合、制作、缝制了这个茧子。

贾斯丁对伊娃低声说,他在这里,他会跟乔纳森一起吃饭,并且如果她有勇气,他们会很高兴在覆盆子颜色的沙发上给她留个位置。

没有任何反应。哥哥也没期待有任何反应,他做了他所能做的,没有任何倾覆世界的打算。乔纳森的存在让贾斯丁可以不专注于自己深深的恐惧,不用像是一场永远的驯马表演一样反复考虑他妹妹的这种呆滞状态。这种吞噬她、玩弄她的悲伤,像是一只蜘蛛带着它粘有一只苍蝇的黏糊糊的网。

哥哥想，他是否应该对伊娃提到与虚弱而失落的弗兰克的见面。贾斯丁对于它会造成的后果很犹豫。他妹妹也许等待着这个，来再次睁开她灰色的眼皮，像是吓了一跳。

伊莎贝拉正式地向他建议不要这么做。让她听到这个名字都是无益的。禁止给她灌输新的形象，她已经有足够来自于过去的图像，无论如何都不应该为她的这段感情提供新的养分，不能让它变得更加沉重。

贾斯丁想要尊重他妻子的意见，她是女人，这方面她应该看得比他更清楚。但是想要减轻自己负担的愿望更加强烈，他必须卸下自己的重担。他会告诉乔纳森。

尽管如此，他意识到，这不会对这个男孩有任何好处。但是他感到如此压抑，如此愤怒，所以想要将这个担子交给、递给别人。贾斯丁将会在乔纳森心中点着一把火，为了让自己的那把火终于能够熄灭。哥哥将这个黏糊糊粘手的接力棒交了出去，让自己相信，他比自己更适合拿着它。乔纳森已经扮演过家中的所有角色。他也可以当哥哥，这不会造成他很大的改变。

乔纳森因为生活在这间幽灵般的公寓里而精疲力竭，替代另一个男人，不得不与他所厌恶并且不包括他的回忆作斗争。

他希望得到哥哥的回答，希望知道这个夜晚将会是那么多悲伤的最后印迹。他祈祷，来让伊娃听到他们的声音，让自己受到这些声音的指引，回到他们活生生的热闹当中来。

他经常去查看她，听她的呼吸，测量冰冷的双手，像是一个焦急的奶妈，害怕新生儿的突然死亡，并且不停弯腰察看摇篮，以查看婴儿的吞咽和它柔软前额的温度。

贾斯丁想要让他坐着，来将心中的话倒出，但是乔纳森遵照自己的想法，自己的偏执。不要错过伊娃最细微的需要，每一个听上去有细微差别的叹息，每一个最细小的动作。

乔纳森会爱她直到明天早上，然后，他会回自己家，将伊娃留给其他人的手去照料。

他的希望干涸了。就像对于马修一样，他是个没用的人。他想要变得辽阔，而他却只是一个有着毫无用处的短小手臂的侏儒。

哥哥在讲完一切可能与伊娃有关的事情之后离开了。从她的头,到她的心,最后是她的肚子。各种形态,各种角度,各个方向的伊娃,反面,正面。

乔纳森没有问任何问题,为了让哥哥的冲动能够继续,或者让他自己停止。

乔纳森不确定自己想要知道这一切。他了解伊娃,她像是一个他从来没去过但却像是他正在寻找的国度。像是一个他以为已经经历过的场景,一种记忆的再现。一份小心地保存在心中的不存在的共同过去。

他没有听,为了不要采纳一种哥哥的视角。让他注视着她的目光只是他自己的,纯粹、不被任何其他的目光所蒙蔽。

自从与幸福而疏远的伊娃的那顿晚餐以来，乔纳森就感到痛苦。在那时，他感觉弗兰克像是他们之间的一张面纱，一面蚊帐。感觉什么都没有，被透明所欺骗，伸出手指来碰触他所深爱的人，撞上了一块只让希望通过的筛子状僵硬布料。他跟哥哥一起意识到，这块布已经变得模糊，洞都被填上了。这不再是一张蚊帐，而是过去激情的一张裹尸布。

乔纳森感觉自己不再有能力停留在这种境况当中。他付出了自己所拥有的，自己所能够的，什么都没有改变，他内心的生命之井只含有一汪陈年的水，具有一种不能再被相信的爱情的辛辣味道。

在这张覆盆子颜色的沙发上的最后一夜，盖着像是棉花护身符的小被子。伊娃甚至都不会意识到他的离开，不会区分他和她的哥哥。到处都充满了弗兰克，他让这个空间饱和了，不给任何其他人显露重要性的机会。

乔纳森陷在过于柔软的垫子里，没法伸开自己的双腿。

他想到第二天，像是想到一次处决。兴奋的人群中，从牛栏里出来的公牛。他希望承受思念，痛苦。他会更加努力工作，为了忘怀。乔纳森只是一块人们无视伤口的性质而匆匆放上的石膏。

伊娃集中所有的力量在心中重新勾勒弗兰克的面孔。她再也辨认不出她曾经滑过、抚摸、亲吻过的鼻峰。他的嘴唇不再有轮廓，不再有味道，不再有起伏。他的头发失去了它们的质地，它们的密度。她寻找一个像是证据一样的细节，使得自己能够与一种真实性连接在一起。让弗兰克不要像夜里的一个梦一样消逝。

她用鼻子吸气，来让她男人的味道进入她，让她感到意外，但是没有什么是具体的。

弗兰克被放在她大脑的档案里。如此古老的影像，以至于她再不能回忆起它们的真实性，不再能确保它们仍然是主要角色，不再能确保它们的重要性。

弗兰克走完了他的道路。他只是一个具有斑白鬓角的老去的轮廓，那么遥远，以至于显得那么渺小。

尽管不情愿，弗兰克属于过去。他不会回来了，因为现在她不再有位置能够接纳他。尽管不情愿，她的孩子梦、结婚梦、未来的梦都不再与他有关系。尽管不情愿，弗兰克像是一个流产的胎儿一样脱离了她。

她触摸自己温热的肚子。然后是下方，她微笑了。

弗兰克的生殖器永远不会再进入她，也许它从来都没进去过。

伊娃的身体是崭新的，在她心中回荡着一个词，“奇迹”。如果有过一个奇迹，就像医生们不知轻重地对她所说的，那么也会有另外一个奇迹。

淤泥从她体内流出，藤条解开了。

她的子宫是玫瑰色的，像是人生一样的玫瑰色。

伊娃听到了男人们的声音，乔纳森的来来回回，她哥哥的声调。

所有的肢体充满了一种新的激动，想要从她的床上跳下，奔跑，喊叫。她不知道为什么是现在，也不知道这会持续多久。她的眼睛在黑暗中张开，尽可能地用力去看，像是为了让不清楚的轮廓更加清晰。

她的脉搏剧烈跳动，像是在一场舞蹈之后，她的肌肉跳动。

乔纳森与她头脑中的一切重叠，移开了弗兰克，消灭了他。她想要从房间里出来，跑向他，照顾他所付出的努力。伊娃几乎是无意识地在这个柔软的宇宙中飞行，在这里面他带给她的关怀是甜蜜的，像是母亲的双手一般。

她害怕乔纳森的目光。习惯看到迟钝的她，他将会高兴，但也会担心。她害怕这会让她找回的能量重新沉睡。

她等待贾斯丁带着他的不安、他沉重的同情和所有他毫无羞耻一并倒出的故事离开。她埋怨他，却也因为有这样一个哥哥而赞叹。

她因为他不是完全完美而感到欣慰，这样她就有权利跟以前一样批评他，并且表现得有点不快。她很快会向他喷射刻薄话，责备的话，而他不会辩解，伊莎将会冲到前面，带着恼恨来保护他。

一切都会正常，平静地正常。

黎明还没有到来，伊娃不耐烦地等待着。她想象坐在桌子前的早餐。明天，她会烤面包，给面包片涂黄油。她会准备一切。乔纳森将是她的国王。

他会坐在厨房里，她会面对面跨骑在他身上，他会把手放在她的腰上，她的臀部上。她会用她的舌尖在他的脖子上勾勒字母。

他会说："我要去刷牙"，她会喃喃地说："不要马上，你还要猜出这个是什么。"她会使用猫一般的嗓音，她滚热的声音会有点像是猫叫。一半是引诱的，一半是孩子般的。他不会想要抛弃这个时刻，会尽可能久地留下来。

他们亲吻,再次亲吻。然后夜晚会回来,然后是第二天,第三天。

保护这种运气,不要让它风化,枯萎。

逐渐抹去这种逝者的形象。

感谢乔纳森,永远爱他。

伊娃监视隔壁房间的每一个动作，每一个移动。她会在乔纳森一个人刚刚睡醒的时候出现，让他享受这个时刻，不会吓一跳。

她害怕打翻书堆，撞在扶手椅上，门吱呀作响。她希望她的方法是甜蜜的、顺利的。乔纳森不要匆忙亮灯，以为遇到了危险。

她是迟钝的，好久以来她一点都没活动过了。她的步伐是颤抖的，紧张的。

在客厅里，她会记住家具和物体，来避免撞到它们。

乔纳森团成一团，像是一只保护自己的刺猬，他像是感觉到冷。

伊娃折回去，拿上她厚厚的被子，把它小心地盖在他身上，然后钻到里面。在他的双臂中，她挖出了一个可以入睡的小窝。

他移动了一点，更加用力地做梦。蜷缩的伊娃按照乔纳森的节奏呼吸，充满他的气息。

他想："尤其不要破坏这种恩赐，给伊娃她想要的，不要更多。"

他们的皮肤第一次互相对话，他们的四肢互相缠绕。他让伊娃操纵他，移动他的身体来让她能够蜷进去。

乔纳森害怕他们早上的面对面。他会假装睡觉，她按照她的想法来表现，他会适应。他害怕她恢复原来的状态，明天会让他失望，但是他也知道，她一瞬间又注满了他的源泉。他可以再待一千年，即使她永远不再起来。

乔纳森最后消失在自己的思绪中，眼睛真的闭上了。被这种他如此需要的睡眠捉住了。

他没有听到伊娃洗澡，清洗浴室地面，整理厨房。他没有听到她穿衣服，喷香水，梳头发，唱歌。

他没有听到她穿上她的外套，缠上她淡紫色的围巾，系上鞋带。

他没有听到她拿着钥匙，从房间里出去，关上门。

乔纳森浑身是汗地起来，“如果”在他身上哭泣。

如果那只是一会儿的事情。

如果她去找他。

如果她竭尽一切她所需要的来进行战斗并夺回他。

如果她的悲痛失去了价值而她从一座桥上跳了下去。

如果她永远都不回来，把他留在自己的恐惧之中。

乔纳森想要打电话给哥哥，对他讲话，将他的恐惧传递给他，让他不要觉得自己对一切都没有责任。是答录机。他尝试联系他所认识的唯一一个伊娃的身边人，但不是马利克·阿卜杜勒回的电话，没睡醒的琳恩接起了电话。她没有完全明白乔纳森的惊慌，但是她知道贾斯丁头天去了，他说伊娃有人精心照顾并且现在一切都会更好的。琳恩问他是否要她过来，乔纳森拒绝了。

他会等到十点半，如果伊娃还不回来，他会通知警察、消防队员、医院、总统。

琳恩下结论说："请让我知道进展，谢谢，你真是太棒了。"

他刚刚挂上电话。明亮的伊娃站在那里，客厅的门口，拿着从烤箱里出来的甜酥式面包。

乔纳森再也控制不了他的感受，他的愤怒脱缰了，带着充满他嗓音的愤怒抽泣。

他将这些星期、他的疲劳、他如此激烈的不安统统倒出。伊娃奔向他来保护他的痛苦，她紧紧地拥抱着他，像是为了融化在他身上，低声说着"好了，好了，好了，好了"。她只能说出这个。她原本想要给他起个昵称，但是一个都没想到，不是我的天使，也不是我的爱，也不是宝贝。用旧了的过时词语。她重复着“好了，好了”，使用不同的音调，像是多彩的泡泡。

乔纳森没有抱紧她，疲惫不堪的双臂垂在身体两侧。

伊娃双手握着他的手，亲吻它。

然后，她把乔纳森带进厨房，吃一顿情人的早餐。他被领到椅子跟前，桌子旁边。他没有立刻注意到。但是，从土司炉里跳出来面包片，吹着口哨的水壶，新榨过汁的多汁橙子之后，乔纳森抬起了眼睛。对他而言，光线不一样了，但是没有什么看上去是真正改变了。

只有窗子雄踞于一切当中，它的玻璃那么干净，几乎像是不存在。不再有这一层厚厚的脏东西，这道浓厚的灰尘窗帘。伊娃清理了一段关系的最后遗迹。

不再有首字母，不再有心，只是几个用草莓色口红画出的字母。音节的华尔兹，傲慢，自豪和闪闪发光。预示着明天的封印。

我爱你。

她不知道这个行为的重要性。她这样做，是为了她。她看到在他身上燃烧的火花。于是，她照着自己的想象。她坐在他身上，面对面跨骑着，将自己的嘴唇贴在他的脖子上。

不管这是一个星期一、星期二还是星期天。

乔纳森的双手放在女人的胯骨上。

他们有的是时间来相爱。

图书在版编目（CIP）数据

只要你幸福/(法)布拉米著;徐小薇译.-上海：上海文艺出版社.2011.8
ISBN 978-7-5321-4189-0
Ⅰ.①只… Ⅱ.①布…②徐… Ⅲ.①长篇小说-法国-现代
Ⅳ.①I565.45
中国版本图书馆 CIP 数据核字（2011）第 153433 号

出 品 人：陈　征
策　　划：曹元勇
责任编辑：毛静彦
封面设计：王　慧

只要你幸福
〔法〕阿尔玛·布拉米著
徐小薇 译
上海文艺出版社出版、发行
上海绍兴路 74 号
新华书店经销　上海鸿建印务有限公司印刷
开本 850×1168　1/32　印张 7.375　插页 2　字数 159,000
2011 年 8 月第 1 版　2011 年 8 月第 1 次印刷
ISBN 978-7-5321-4189-0/I·3233　　定价：20.00 元

告读者　如发现本书有质量问题请与印刷厂质量科联系
T：021-69211091